# 웨스턴레인

# 웨스턴레인

체트나 마루

**WESTERN LANE**
Copyright © 2023, Chetna Maroo
All rights reserved

이 책의 한국어판 저작권은 영국의 The Wylie Agency (U.K.) LTD를 통한 저작권자와의 독점 계약으로 비트윈에 있습니다. 저작권법에 의해 한국 내에서 보호를 받는 저작물이므로 무단 전재와 복제를 금합니다.

# 웨스턴레인

Western Lane

**체트나 마루** 지음
**사이연** 옮김

하나
9

둘
47

셋
69

넷
85

다섯
107

여섯
137

일곱
157

여덟
177

편집 후기
219

하나

혹시, 스쿼시 코트의 한가운데, 티존\*에 서서, 옆 방에서 들려오는 소리를 가만히 들어본 적이 있나 몰라요. 제가 생각하고 있는 건 옆 코트에서 들려오는, 공이 강하고 깔끔하게 맞는 소리예요. 짧고 둔해서 꼭 권총 소리 같은데, 바로 메아리가 잇따르지요. 메아리는 공이 벽을 때리는 소리인데, 라켓으로 공을 치는 소리보다 더 커요. 이것이 엄마가 돌아가시고 나서 '웨스턴레인'에서 아빠가 하루에 두, 세, 네 시간씩 우리를 연습시키던 그해를 떠올릴 때면 들려오는 소리예요. 처음으로 그 소리를 느꼈던 건, 어느 방과후의 저녁 연습 때였어요. 계속할 수 있을까, 싶을 정도로 다리가 너무 지쳐서, 라켓 헤드를 떨군 채로, 그냥 티존에 우두커니 서서 벽면을 스쳐 지나간 셀 수 없을 정도로 많은 공 자국들로 얼룩덜룩해진 벽만 바라보고 있었지요. 제가 서브를 할 차례였고, 그러면 아빠는 드라이브 샷으로 받아치고, 저는 다시 발리 샷으로, 다시 아빠가 드라이브 샷으로, 다시 제가 발리 샷으로 받아쳐야 했죠. 언제나 정면의 빨간색 서비스 라인을 겨냥하면서요. 아빠는 한참 뒤에 서서 기다리셨어요. 저는 아빠의 묵묵함 속에서 아빠가 먼저 움직이시지는 않겠다는 생각을 읽었고, 결국 제게 남은 선택은 서브와 발리 샷을 계속하던지, 아빠를 실망시키던지, 둘 중 하나였어요. 벽 위의 공 자국들이 하나둘씩 서로서로 겹치더니, 이러다가 쓰러지고 말겠구나, 싶었어요. 바로 그때 시작되었어요. 옆 코트에서 일정하고도 멜랑콜리한 리듬으로, 마치 무슨 도움의 손길인 것처럼, 공 소리와 메아리

소리가 다시 또다시 이어졌어요. 그리고 저는 그게 누군지 알았어요. 거기 서서 가만히 듣고 있으려니까, 그 소리가 제 안으로, 제 신경과 뼛속까지 흠뻑 스며들었고, 마침내 구조 받은 듯한 기분으로 라켓을 들어올려서 서브를 넣었지요.

**우리는 셋이고,** 모두 딸들이다. 엄마가 돌아가셨을 때, 나는 열하나, 쿠쉬 언니는 열셋, 모나 언니는 열다섯 살이었다. 우리는 라켓을 들 만한 나이가 되면서부터 일주일에 두 번씩 스쿼시와 배드민턴을 연습해 왔지만, 그 이후에 해야만 했던 연습법에 비하면 그건 아무것도 아니었다. 모나 언니는 이 모든 달리기며 고스팅*이며 세 시간 짜리 연습은, 란잔 숙모가 우리한테는 운동과 훈육이 필요하다고 말했을 때 숙모가 이래라저래라 하도록 아빠가 잠자코 앉아 있었던 날부터 시작되었다고 말했다.

가을이 시작될 무렵이었다. 날씨가 계절답지 않게 건조하고 덥더니 습해졌다. 공기는 숨이 막히는 듯했고, 거리에서는 음식이 쉬는 냄새가 풍겨댔다. 이런 무더위 속에서, 우리는 엄마의 장례식이 끝난 며칠 뒤에 추도 기간을 마무리하는 식사를 하기 위해서 육백 킬로미터나 떨어진 에딘버러의 숙모집까지 차를 타고 왔고, 란잔 숙모는 아빠한테 우리가 '와일드하다'라고 말했다.

숙모가 그 말을 했을 때, 우리도 숙모의 부엌에서 숙모와 아빠와 함께 있었다. 모나 언니는 개수대에서 감자를 씻고 있었다. 언니는 팔꿈치까지 소매를 걷어 올린 채 고개를 숙이고 있었다. 단지 흙만 씻어내는 것이 아니기 때문이었다. 언니는 정말 열심히 문질러대고 있었다. 언니의 묶은 머리가 한쪽 어깨를 덮고 있었다. 쿠쉬 언니는 창밖을 바라보면서 천천히 껍질을 벗기고 있었다. 나는 식탁에서 석류씨를 까고 있었다. 숙모는 쿠쉬 언니가 부엌에서 머리를 묶지 않고 있다고 야단을 쳤고, 나한테로 돌아서더니 흰색 식탁보를 반쯤 걷어 올리고 나서 신문지를 깔았다. 숙모의 식탁보에 과즙이 튀지 않게 하기 위해서였다. 그것은 방수 코팅된 짙은 색의, 아름다운 식탁보였다.

내가 앉은 자리에서는 란잔 숙모가 그날 아침 일찍 준비한 '굴랍 자문*' 디저트가 보였다. 공 모양의 진한 황금색 스폰지 케익들은 설탕 시럽에 절여져 있었고, 유리 접시에 가득 담긴 채로 조리대 끝에 놓여 있었다.

란잔 숙모는 내가 그것을 보고 있다는 것을 지켜보고 있었다.

"고피," 하고 숙모가 나를 불렀다.

나는 내 자리에서 얼어붙어 버렸고, 내 이름 소리에 얼굴이 빨갛게 달아 올랐다.

란잔 숙모가 일어섰다. 숙모는 내가 그 디저트를 볼 수 없게 가로막는 자리에 서 있었다. 왠지는 몰라도, 내가 초점을 바꾸지 않는 것이, 아무것도 보지 않고 있었던 것처럼 보이게 만드는 것이, 중요하게 느껴졌다.

"와일드해."라고 란잔 숙모는 다시 한번 말했고, 시선은 여전히 나를 향하며, "무슨 비밀도 아니지만." 하고 말했다.

그러고 나서 숙모는 아빠에게로 돌아섰고, 아빠는 아무것도 보지도 않고, 아무 말도 하지도 않은 채 잠자코 앉아만 있었다.

란잔 숙모는 기다렸다.

"글쎄요, 저는 할 말을 했어요. 이제 아주버님한테 달렸어요." 숙모가 마침내 말했다.

아빠는 잠시 숙모를 향해 시선을 들었고, 거기에는 우리들에겐 익숙해졌지만 숙모에겐 그렇지 않았을 서늘함이 있었다. 숙모의 뺨이 빨개졌다. 가스불 위에 올려진 압력솥에서 높고 희미한 휘파람 소리가 났고, 부엌은 수증기와 푹 삶은 렌틸콩 냄새로 후끈 달아올랐다. 란잔 숙모는 의자 뒤에 걸려있던 깨끗한 행주로 이마를 훔쳤다.

"차루 형님한테 얘기했었어요. 형님 탓이라는 게 아니에요, 아주버님, 하지만 아주버님네 따님들한테 너무 늦지는 않았다는 걸 말씀드리고 있는 거에요." 숙모가 말했다.

모두가 조용했다. 잠시 뒤, 모나 언니가 조리대로 가더니 압력솥을 불에서 내려서 대리석 조리대 위로 쿵 하고 소리가 나게 내려놓았다. 조리대 끝의 굴랍 자문 접시가 흔들렸고, 모나 언니는 흙 묻은 감자 씻던 손을 란잔 숙모의 압력솥 뚜껑 위에 올려놓은 채로 서서 아빠를 뚫어져라 보고 있었다.

란잔 숙모는 언니가 틀어 놓은 수도꼭지를 잠그고는 언니에게로 다가갔다.

"그런 뜻이 아니야, 얘야." 숙모가 언니에게 말했다.

바로 그때, 삼촌이 마치 남의 집 부엌에 들어서듯 들어왔다. 어쩌면 삼촌은 그대로 통과해서 정원으로 나가려던 참이었을지도 모르지만 모나 언니를 보더니 곧 아빠를 쳐다봤고, 주방 한가운데 잠시 섰다가 식탁으로 다가와서 아빠와 나 사이에 앉았다. 우리는 파반 삼촌을 좋아했다. 삼촌은 아빠의 동생이고, 몸집이 크고, 친절하고, 집밖에서 담배를 피우면서 옛날을 회상하는 것을 즐겼다.

파반 삼촌은 마흔 살이었다. 아빠는 쉰다섯이 다 되어 갔다. 하지만 사람들은 마치 이들 형제가 이제 막 어른이 된 것처럼 이들이 얼마나 잘 생겨졌나를 이야기했다. 엄마가 돌아가신 뒤, 숙모들의 눈은 식탁에서, 개수대로, 정원으로, 아빠를 늘 따라다녔다. 다들 아빠를 불쌍해 했지만, 또한 무언가를 재려고 들었고, 우리는 그것이 아빠 앞에 펼쳐진 빈자리와 관련이 있다는 것을 알고 있었다.

아직은 한낮도 아니었지만, 파반 삼촌한테는 이미 너무 더웠다. 삼촌 얼굴은 정말 심하게 분홍빛으로 달아올라 있었다. 삼촌은 식탁에 손을 올려놓고 식탁보 위에서 네 손가락을 한꺼번에 두드리더니 손을 허벅지 위로 옮겼다. 삼촌은 담배가 필요했다. 삼촌은 아빠를 힐끗 쳐다보더니 무릎 사이에서 깍지를 꼈고, 이야기를 하려고 준비했다. 쿠쉬 언니가 삼촌에게 물을 한 잔 따라 주었고, 삼촌이 준비되었다는 것을 보면서 물을 삼촌 앞에 놓고는 이야기를 들으려고 자리에 앉았다. 파반 삼촌은 언니에게 고맙다는 표정을 짓고는 이야기를 시작했다.

"폭염이 한창이었지요." 삼촌이 아빠 쪽으로 몸을 기울였다. "기억 나요? 형이 바푸지*한테 결혼한다고 말씀드렸던 밤 말예요. 형은 밤늦게까지 외출 중이었고, 바푸지는 우리가 모두 형을 기다려야 한다고 고집하셨어요. 우리는 선풍기 앞에다 몇 박스째 얼음을 갖다 놓고, 꼼짝도 할 수가 없었죠. 너무 더웠어요. 형이 집에 왔을 때, 바푸지가 형한테 들어오라고 하셨고, 모두 앞에서 대체 무슨 생각으로 그러냐고 물으셨죠. 형은 망설임도 없었어요. 현관에 서서, 세상에서 가장 자연스러운 일이라도 된다는 듯 말했죠. 저는 결혼할 겁니다. 바로 그렇게요. 정말 멋있었어요. 나는 바푸지의 얼굴 표정을 잊을 수가 없을 거예요. 있잖아요… 나는… 차루 형수님이… 형수님은… 형수님은…"

파반 삼촌은 목에 뭔가가 걸린 것 같았고, 우리는 아빠가 삼촌이 계속 이야기하기를 바란다는 걸 알 수 있었지만, 삼촌은 말을 잇지 못했다.

"과거에 집착하는 건 소용이 없어요." 란잔 숙모가 말했다. 숙모는 삼촌 어깨에 한 손을 올렸다. "자, 파반씨. 차고에서 의자 두 개를 더 가져 오세요. 우리 모두 다 함께 앉을 수 있게요.

**우리가 식사를** 하려고 앉았을 때는 네 시였다. 공기가 후덥지근해서 모든 것이 그 안에서 천천히 움직였다. 란잔 숙모와 파반 삼촌, 아빠와 나는 언니들이 저녁을 가져다주는 동안 자리에 앉아서 기다렸다. 우리들에게는 각각 은 접시가 하나씩 있었고, 언니들은 여기에다 달*을 담은 작은 은 그릇, 라두* 하나, 감자 샤크*, 밥, 푸리*, 양파와 토마토 샐러드를 담고, 굴랍 자문이 세 개씩 담긴 작은 은 접시를 하나 더 놓아 주었다. 쿠쉬 언니의 머리카락이 언니의 뜨거운 뺨과 이마에 자꾸만 붙는 바람에, 언니는 계속 머리를 넘겨야 했다. 언니가 내 접시에 담긴 굴랍 자문 위로 여분의 시럽을 떠 주는 것을 보고 있을 때 언니의 머리카락이 시럽 속에 빠질 뻔했고, 나는 시선을 다른 곳으로 돌렸다.

정원을 향한 문은 열려 있었다. 정원에는 산들바람조차 불지 않았다. 란잔 숙모는 탄자니아에서 살고 있는, 자식을 너무 많이 둔 자신의 형제자매들에 대한 이야기를 했다. 숙모는 조심해서 음식을 먹으며 조금씩을 오래도록 먹었고, 우리는 똑같이 하려고 노력했다. 내가 굴랍 자문 세 개 말고는 내 접시 위의 음식들을 모두 먹고 나자, 숙모는 시럽이 가득한 채로 꽉 찬 내 작은 접시를 보고 있었다. 나는 숟가락을 내려놓았다.

"형님." 숙모가 아빠에게로 고개를 돌리며 말했고, 나는 아빠는 숙모의 형이 아니라 파반 삼촌의 형이라고 소리치고 싶었다. "형님, 힘든 시간이 오고 있어요."라고 숙모는 말했다.

파반 삼촌은 의자를 식탁 쪽으로 움직였다. "란잔." 삼촌이 속삭였다.

"아뇨." 란잔 숙모가 삼촌에게 말했다. "형님도 이해하세요."

숙모는 아빠를 바라보며, 구자라트어*로 낮고 조용하게 말하기 시작했다. 숙모의 말은, 자신과 파반 삼촌에게는 자식이 없다는 것과 자신들은 형을 사랑하며 우리를 친자식처럼 사랑한다는 것이었다. 숙모는 만일 아빠가 자신들에게 우리 중 하나를 데리고 가게 허용한다면, 아빠가 편해질 거라고 말했다. 아주버님이 셋을 다 돌볼 수는 없어요, 하고 말했다. 셋은 너무 많다는 것이었다. 아빠가 잠자코 있자, 숙모는 계속하라는 뜻으로 받아들였다. 다들 이렇게들 해요, 라고 숙모는 말했다. 만일 아이들 엄마가 살아 있을 때 아즈버님이 이렇게 했다더라도 아무도 눈쌀을 찌푸리지 않았을 거예요, 라고도 말했다. 그리고 자신의 여동생은 나보다도 어릴 때였지만 친척집에서 함께 살기 위해서 몸바사*에서 봄베이까지 수천 킬로미터를 날아갔는데, 우리는 고작 차로 몇 시간 거리를 이야기하고 있다고도 했다.

아빠는 자신의 접시만을 바라보고 있었다. 란잔 숙모가 한 이야기를 우리가 다 알아들었다는 것을 아빠도 알았다. 그래서 우리를 쳐다보지 않았던 것이다. 아빠가 숙모의 말을 잠시 내버려두어서 숙모가 뭐가 잘못되었는지를 깨닫게 한 뒤에 자리에서 일어나서 정원으로 나가면서, 곧 떠날테니 짐을 챙기라고, 우리에게 말할 것이라고 우리는 생각했다. 하지만 아빠는 일어서지도 않았고, 아무 말도 없었지만, 결과적으로 우리는 흡족했다. 란잔 숙모가 아빠의 얼굴에서 무엇을 보았건, 그것이 아빠가 할 수 있었을 그 어떤 대답보다도 숙모를 더 위축되게 만들었기 때문이었다. 숙모의 얼굴은 잿빛으로 변했고, 그 단호함을 잃어버릴 것만 같았다. 숙모가 차를 한 모금 마시려고 찻잔을 들었을 때, 숙모의 입술이 처져 있었다.

정적을 뚫고 파반 삼촌의 목소리가 들려온 것은 그때였다. 느리면서도 단단한 목소리였다. 올해는 봄이 빨리 왔다고 했다. 우리가 마로니에 나무에 핀 꽃들을 봤어야 한다고 했다. 크리스마스 트리 같았다면서. 또, 벚꽃이 일주일 동안 피었다고, 잔디밭이 온통 벚꽃잎으로 하얗게 덮였었다고도 말했다. 우리는 음식을 먹었고, 파반 삼촌은 이야기를 했고, 그리고 그럭저럭 모든 것이 평상시처럼 보이는 리듬을 탔다. 정원에서 불어오는 실바람이 느껴졌다. 파반 삼촌은 냅킨에 손을 닦고 나서 일어났고, 우리 접시를 다시 채워 주려고 굴랍 자문을 식탁으로 가져왔다.

우리가 숟가락을 다시 들었을 때, 숙모가 "아…" 하며 접시에다 대고 비통하게 말했다. "그날…" 하더니 숙모는 울고 있었다. 숙모는 사리*의 한자락을 쥐고 그것으로 눈을 훔쳤다. 숙모는 눈물을 흘리면서도 쿠쉬 언니한테 고개를 돌리며 미소를 지었다.

"널 봤단다." 숙모가 말했고, 숙모는 한층 더 낮은 목소리로, 쿠쉬 언니를 향해, "주차장에서, 끝난 뒤에 말이야."라고 말했다.

숙모는 엄마의 장례식과, 친척들이 밖으로 나올 때 우리가 인사를 하느라고 줄지어 서 있었을 때 쿠쉬 언니가 조용히 울고 있었던 것을 이야기하고 있었다. 란잔 숙모가 쿠쉬 언니를 그렇게도 슬프게 바라보는 바람에 우리는 모든 걸 잊었다. 쿠쉬 언니는 식탁 위의 자기 접시와 숙모 접시 사이에 손을 얹었다. 내 옆에서는, 모나 언니의 의자가 마루바닥을 거칠게 긁었고, 나는 손을 내 찻잔으로 옮겼지만 잔이 너무 높아서 넘어지는 바람에 차가 쏟아졌고, 그만 식탁보 위로 번지고 말았다.

"고피…"하고 란잔 숙모가 우물거렸다. 나는 내 이름이 소리내어 불리자 다시금 얼굴이 빨개졌지만, 란잔 숙모는 야단을 치지 않았다. 숙모는, 일어섰을 때도, 식탁보를 걷어 올리려 다가왔을 때도, 차가 식탁으로 번진 것을 보았을 때도, 한결같이 평온한 얼굴이었다. 나는 숙모가 엎질러진 것을 닦고 식탁 위를 정리하면서 내 주위를 왔다갔다하는 동안에도 앉아만 있었다.

**언제나 에딘버러에** 머물 때면, 우리는 각자의 침실을 가졌지만, 쿠쉬 언니와 나는 우리 이불을 끌고 모나 언니의 방으로 가서 바닥에서 잠을 잤다. 밖에서는 거의 항상 무슨 일인가가 일어나고 있었기 때문에 우리는 창문을 열어서 신발로 받혀 두었다. 우리는 지칠 때까지 창 밖에 귀를 기울이다가 꿈으로 빠져 들었다. 그날 밤은 잠을 자기에는 너무 더웠다. 우리는 잠을 설쳤고, 반바지와 티셔츠를 땀으로 온통 적시고 있었다. 모두가 이불을 걷어차고, 덥고 땀에 젖은 몸만 남기고 팔다리는 아무데고 시원한 쪽으로 내뻗고 있었다. 쿠쉬 언니가 자리에서 일어나더니 발코니로 나갔다. 나도 따라 나갔다. 밖에서, 쿠쉬 언니는 반쯤은 타일 바닥에, 반쯤은 창틀에 기대고 누웠고, 나는 반대쪽 창틀에서 같은 방식으로 누웠다. 하지만 조금 후 우리는 둘 다 일어나 앉아서, 턱을 무릎에 괴고, 흰색의 발코니 난간을 통해서 정원을 내다보았다. 내 몸에서는 방충제 냄새가 풍기고 있었지만, 레깅스나 소매 달린 옷을 입고 있기에는 너무 더웠기 때문에, 어쨌거나 모기한테 물리고 말았다. 우리는 아빠도 모기한테 물릴 거라는 것을 알았다. 아빠와 파반 삼촌은 밖에서 이야기를 나누고 있었다. 그들은 우리 발코니 바로 아래에 앉아서 위스키를 마시며 담배를 피우고 있었다. 아빠는 집에서는 술도 안 마시고, 담배도 안 피우지만 파반 삼촌과 함께 있을 때는 술도, 담배도 즐겼다. 삼촌 담배에서 올라오는 푸른 연기도 보였고, 그들의 이야기와 술잔이 부딪히는 소리도 들렸다. 우리는 모든 소리를 다 들을 수 있었다. 아빠가 술잔을 들거나 놓기 위해서, 혹은 발목을 긁으려고 몸을 굽히느라 의자가 삐그덕대는 소리까지도 다 들렸다. 그리고 우리가 밖을 내다보면, 그들이 보고 있었던, 삼촌의 장미 넝쿨과 나무들이며, 돌로 만든 벤치와 거칠고 어두운 철길의 한귀퉁이까지도 모두 다 보였다.

아빠와 삼촌이 무슨 이야기를 하는지는 상관없었다. 주로 어린 시절과, 일찍 세상을 떠난 동생에 대한 기억들이었다. 삼형제는 라켓 스포츠를 즐겼다. 삼형제 모두 열심히, 행복하게 운동을 했다. 아빠는, 일상 속에서는 그렇게도 온화하고 그렇게도 순한 성격이지만, 코트에서는 아주 거칠었기 때문에 모든 사람을 어리둥절하게 만들었다. 그리고 아빠는, 열일곱의, 눈이 반짝반짝하고, 수줍음을 많이 타던 엄마를 만나면서, 무어라 이름 붙일 수 없는 감정에 사로잡힌 채로 어쩔 줄 몰라 했다. 주로 파반 삼촌이 말을 했고, 아빠는 삼촌 말이 맞으면 맞장구를 쳤다. 우리는 상관없었다. 우리는 그저 그 위에 가만히 앉아서 듣고 있고 싶었다. 한참이 지나 아빠와 삼촌이 이야기를 마치고 안으로 들어갔을 때에도 우리는 여전히 밖에 남아 있었다. 그때쯤 창백하고 투명한 푸른색의 먼동이 트기 시작했고, 공기는 시원해졌고, 바깥의 모든 것이 만질 수 있을 정도로 가깝게 느껴졌다. 쿠쉬 언니의 풀린 머리카락은 부드러운 물결을 이루며 등을 덮고 있었고, 이처럼 희미한 빛에도 반짝거렸다. 우리는 내가 한기로 몸을 떨 무렵에야 안으로 들어갔다. 우리는 문을 당겨 닫고, 함께 모나 언니의 침대 속으로 들어갔다. 모나 언니는 잠을 깨는 바람에 짜증을 내면서도 자리를 조금 옮겼고, 우리는 언니의 이불 속으로 깊게 파고들어서 언니에게 모든 걸 들려주었다. 이야기는 쿠쉬 언니가 했다. 무슨 일이 일어날 때면, 모든 사람들이 그 자리에 있었다고 해도, 그걸 이야기하는 사람은 언제나 쿠쉬 언니였다. 언니는 우리 모두가 조용해질 때까지 기다리고 있다가 이야기를 시작했다. 언니는 이야기하는 데 소질이 있었다. 언니는 우리는 생각지도 못하는 일들까지도 다 기억했다.

한참이 지나고 나서, 쿠쉬 언니는 그날 밤이야말로 그 시작이었다고, 아빠가 우리를 어떻게 할지 생각해 본 그 시작이었다고 이야기했다. 란잔 숙모 탓이 아니었다고 했다. 그건 파반 삼촌이 과거에 대해 이야기했기 때문이었다는 것이다. 그러나 나는, 무엇이 아빠를 움직였는지 아빠가 직접 말했다고 생각한다. 어느날 아침 스쿼시 코트 밖의 벤치에서 우리 옆에 앉아서 아빠는 말했다. "나는 너희들이 너희 인생 내내 즐길 수 있는 무언가에 관심을 갖게 되길 바란단다."

**란잔 숙모는 아침으로** 레몬과 설탕을 넣은 팬케이크와 오렌지주스를 식탁 위에 준비해 놓았다. 숙모는 아빠와 파반 삼촌이 밤새도록 밖에 앉아서 술을 마시고 담배를 피운 것에 대해서 아무 말도 하지 않았다. 숙모는 그들을 위한 커피를 만들어 주고 나서, 언제라도 다시 컵을 채워 주려고 가까이 서 있었다. 아빠는 숙모를 정감 있게 대했다. 바깥에서는 파반 삼촌이 차고 앞에서 우리 짐을 실은 뒤 트렁크 문을 닫고 있었고, 란잔 숙모는 아빠에게 자신이 제안한 것을 생각해보라고 부탁했는데, 아빠는 그러겠다고 말했다. 숙모는 내년에 삼촌과 함께 우리집에 오겠다고 말했다. 그때쯤이면 어떻게 될지 알게 되겠지요, 라고 숙모가 말했다.

**에든버러에서** 돌아오자 마자 아빠는 우리의 훈련을 시작했다. 주중에는 등교하기 전에 아빠가 우리를 웨스턴레인에 데려다 주고, 학교가 파한 뒤에는 우리끼리 버스를 타고 그곳으로 갔다. 주말에는 만일 아빠가 일을 해야 하면 자전거를 타고 우리끼리 갔고, 아빠는 일이 끝나는 대로 우리와 함께 했다. 처음에는 쉬는 날들이 필요했다. 팔, 다리, 어깨, 어디라도 안 아픈 데가 없었다. 모든 곳이 아팠다. 아빠는 익숙해질 것이라고 말했고, 결국 우리는 익숙해졌다. 오래지 않아, 일주일에 한두 번씩 마치 재미 삼아 운동하듯 운동했던 때는 기억도 못하게 되었다.

웨스턴레인의 코트들은 비어있을 때가 많았다. 복스홀 자동차 공장의 남자팀은 주로 토요일마다 왔고, 그들 중 대부분은 공을 향해 질주하고 최대한 강하게 쳐내며 격렬하게 움직였다. 언니들과 나는 운동복 차림으로 코트 밖의 벤치에 앉아서 그들의 연습이 끝나기를 기다리다가 안으로 들어가서 우리의 연습을 시작했다. 복스홀 자동차의 남자팀 말고는 가끔씩 오는 사람들이 있었고, 또 '게드'가 있었다.

게드는 열세 살이고, 조용한 성격으로, 진짜 이름은 '게센'이었다. 그는 웨스턴레인에서 많은 시간을 보냈는데, 어머니가 위층의 바에서 일을 하고 있었고, 달리 가고 싶은 곳도 딱히 없었기 때문이었다. 게드는 지난 여름부터 갑자기 키가 자랐고, 코트에 있을 때가 아니면 키가 자란 것을 어색해 했다. 코트 위에서의 그에게는 느슨함 같은 것이 있었다. 그것은 그가 어떻게 움직이는지에도 있었지만, 꼭 그것만은 아니었다. 그는 혼자서 연습을 했고, 가끔씩 나는 발코니에서 그를 보고 있었다. 한번은 그와 내가 발코니의 양쪽 끝에 서서 수영장을 내려다보고 있을 때였는데, 내가 보는 것이 혹시 거슬리냐고 물어봤더니, 그는 나를 한참 보다가 수영장을 내려다보며 아니라고 대답했다.

대부분의 사람들은 수영장에 오려고 웨스턴레인에 왔다. 수영장에는 다이빙 보드와 수심이 갖추어져 있었다. 하지만 우리는 스쿼시 코트를 이용하러 왔다. 아빠는 우리가 미리 예약만 한다면 오전 일곱시 반부터 오후 열 시까지 언제든지 코트를 사용할 수 있는 회원권을 구입했다. 벽의 페인트가 벗겨지고 있는 것도, 바닥에 보수가 필요한 것도, 에어컨이 잘 작동하지 않는 것도 아빠에게는 문제가 되지 않았다. 웨스턴레인의 코트에는 유리로 된 뒷벽이 있었다.

웨스턴레인에는 바도 있었다. 아빠는 가끔씩 일하러 갈 때나 스포츠 센터나 어디든 입고 다니던 정장 차림으로 거기에 올라갔는데, 비록 아빠는 술도 안 마시고 말수도 없었지만 사람들이 아빠에게 말을 걸어 왔고 다들 아빠를 좋아했다. 이따금씩 아빠가 전기 수리 자영업자라는 것을 아는 사람들이 생겼고, 처음에는 그런 식으로 집에 와서 냉장고며 난방을 봐 달라는 사람들로 일감이 늘었지만, 차츰 아빠는 누가 와 달라고 부탁하면, 가까운 시일에 기꺼이 들르겠다고, 지금 당장은 좀 바쁘다며, 예의를 지키며 그들과 인사를 나누고 나서, 바에서 우리에게 줄 콜라 한 병씩을 사서 내려와, 우리가 콜라를 마시는 동안에 자신의 콜라 병을 물끄러미 들여다보면서, 세계 랭킹 1위를 차지했던 젊은(실은 소년이었던) 파키스탄 출신의 선수, '자한기르 칸'에 대한 이야기를 들려주곤 했다. 아빠는 챔피언이 되었어야 했던 사람은 자한기르가 아니라 그의 형이었던 토르잠이었다고 말했다. 자한기르가 열다섯 살이었을 때 토르잠이 세상을 떠났고, 자한기르는 사촌 라흐맛과 함께 웸블리에서 훈련을 시작했다. 라흐맛은 자한기르를 밀어붙이면서도 또한 돌봐주는 사람이었다. 라흐맛은 자한기르를 데리고 등산을 다녔고, 키버 패스*에 올라가서 그가 어디서 왔는지를, 자신이 누구인지를 상기시켰다. 자한기르는 형이 죽고 2년이 지나 아직도 소년이었을 때, 월드 오픈 챔피언십*에서 우승했다. 그 후로 5년 동안 오백오십오 경기를 치렀고, 자한기르 칸은 불패의 인물이 되어 있었다. 아빠는 그가 오백오십오 경기를 치르는 동안 단 한번도 진 적이 없다고 말했고, 콜라를 마시던 우리도 아빠의 콜라 병을 함께 들여다보고 있었다.

**유독 한 토요일이** 기억난다. 구자라트어 수업이 끝난 뒤 우리는 함께 웨스턴레인으로 자전거를 타고 갔다. 복스홀 자동차 사람들은 없었다. 게드가 코트 하나를 차지하고 있었고, 우리가 도착한 것을 보자 우리에게 인사를 하고는 자신의 연습을 이어갔다. 우리는 벤치에 앉아서 비어 있는 우리의 코트를 보고 있었다. 우리가 무슨 생각을 하고 있었는지는 모르겠다. 우리는 우리가 보냈던 일주일로 지쳐 있었던 것 같다. 문이란 문은 다 열려 있었고, 수영장에서는 사람들 소리로 시끄러운 가운데 소리가 웅웅 울려대고 있었고, 위층에서는 게드의 엄마가 진공 청소기로 바를 청소하는 소리가 들려왔다. 그녀는 테이블들을 이리저리 옮기는 동안에도 청소기를 켜 두었다. 아빠가 왔지만 우리는 인기척을 못 들었고, 덕분에 아빠는 우리가 텅빈 코트를 두고도 아무것도 안 하고 앉아 있는 것을 목격할 수가 있었다. 아빠는 벤치 끝에다 가방을 놓았다.

우리는 라켓을 들고 코트로 들어갔고, 아빠는 유리벽 밖에서 우리를 보며, 그냥 정장 차림으로 서 있었다. 아빠는 운동복으로 갈아입으러 가지 않았다. 우리에게 지시를 하지도 않았다. 우리가 연습하는 것을 늘 자세하게 적어 두는 아빠의 흰색 노트는 펼쳐지지 않은 채로 아빠 뒤의 벤치에 놓여 있었다. 우리는 아빠가 우리끼리 연습하길 원한다고 이해했고, 코트 안에서의 왕복 달리기를 조금 하고 나서 드라이브를 연습했다. 우리 중 하나가 연습하는 동안, 나머지 두 사람은 코트 앞쪽에 서 있었다. 쿠쉬 언니와 내가 차례차례로 옆벽을 따라서 공을 치려고 하는 것을 몇 분간 지켜보던 모나 언니는 자신의 라켓을 내려놓고, 운동화 한 쪽을 벗더니, 그것을 우리의 타겟으로 삼도록 서비스 박스와 포핸드쪽 뒷벽 사이에 내려놓았다. 우리는 우리를 강하게 밀어붙이지 않았다. 같은 동작으로 또박또박 계속해서 연습했고, 모나 언니의 운동화를 앞으로나 뒤로 조금씩 옮겨가며 연습을 반복했는데, 그건 아빠가 우리에게 시켰을 법한 연습이었지만, 우리끼리 하자 시간이 더 오래 걸렸고, 모든 게 더 힘들게 느껴졌다.

쿠쉬 언니가 뒷벽까지 뻗어 가지 못하고 서비스 박스에서 죽는 공을 대여섯 번 살려내고 있는 동안, 나도 코트 앞쪽에 있는 모나 언니에게로 갔다. 쿠쉬 언니는 마르고 약해보이기 때문에 공을 전혀 못 칠 거라고 생각할 수도 있지만, 언니는 잘 쳤다. 단지 언니는 지쳐 있었다. 다리가 너무 지쳤던 것이다. 모나 언니의 시선은 아빠한테 고정되어 있었고, 얼마 후에는 내 시선도 그랬던 것 같다. 그러고 나서, 공을 줍느라 허리를 굽혔던 쿠쉬 언니까지 우리 셋은 아빠를 뚫어져라 보고 있었다.

아빠의 얼굴 표정이나 몸짓이 텅 비어 있어서, 오히려 우리가 무안할 지경이었다. 우리가 멈춘 것도 아빠는 눈치채지 못했다. 어쩌면 우리가 개인적인 순간을 방해하고 있는지도 모른다는 생각이 들었다. 우리는 계속 바라보고 있었다. 무엇이 나를 아빠 쪽으로 다가서게 만들었는지 혹은 내가 뭘 하려고 생각했던 것인지는 모르겠다. 쿠쉬 언니가 자기 라켓으로 내 라켓을 톡하고 건드리는 것이 느껴졌다. 언니는 공을 내게 주고는 모나 언니 옆으로 갔다.

무언가 얼음처럼 차가운 것이 내 가슴 속에서 커지기 시작했다.

나는 사방이 하얀, 눈을 생각했다. 나는 제자리로 돌아가서 공을 쳤다. 내 생각은 공에 있지 않았다. 나는 소년 자한기르 칸이 파키스탄 북부의 산속에서 눈 속으로 질주하는 것을 생각하고 있었고, 얼어붙은 풍경 속에서 멀리 서서 그를 지켜보고 있는 누군가를 생각하고 있었다. 꽤 떨어진 곳에서조차도, 소년의 호흡 속의 습기가 마치 여전히 그의 일부인 듯 금새 공기 중에서 얼어붙고 있는 것이 보였다. 내 라켓은 빨라졌고, 나는 나를 향한 아빠의 시선을 느꼈다. 나는 공을 잘 쳤다. 내 동작 속에는 기운이 있었다. 나는 숨을 가볍게 쉬면서, 어깨를 둥글게 말아서 공을 뒷벽으로 깊숙이 보내고 있었다.

내가 공을 치기 시작한 지 일 분도 안 되어서 모나 언니가 "그만 됐어."라고 말했다.

언니는 한쪽 운동화만 신은 채로 코트 앞에 서서 아빠를 바라보고 있었다. 아빠는 언니의 말에 긍정도 부정도 하지 않았고, 그래서 우리는 운동을 마치고 밖으로 나와서 벤치에 앉았다. 아빠는 원래 자리에서 꿈쩍도 하지 않았다.

"타월이 없네요." 모나 언니가 말했다.

아빠는 대답하지 않았다. 언니가 다시 한번 말했다.

그때 아빠가 텅 빈 코트에 대고 조용히 말을 하기 시작했다. 처음에는 자한기르 칸의 가족에 대해서 이야기했다. 자한기르의 아버지인 로샨 칸, 삼촌들인 하심과 아잠 칸, 이들 삼형제는 월드 오픈에서 열두 차례나 우승했다. 그리고, 그의 삼촌인 나스룰라 칸, 형인 토르잠, 사촌이자 코치인 라흐맛까지, 가문 전체가 있었다. 그러나 어디쯤에선가 우리는 안 듣고 있었던 게 분명했다. 어느새 아빠는 칸 가문이 아니라 '제프 헌트'라는 호주 선수에 대해서 이야기하고 있었다. 헌트는 열다섯 살의 나이로 국가 대표전에서 자기 형을 꺾으면서 우승했고, 향후 거의 십 년 동안 계속해서 세계를 석권했던 인물이다. 아빠는 한 세대에 걸친 파키스탄 선수들 모두가 헌트 한 사람을 극복할 수가 없었다고 했다. 그는 너무나도 강력했다. 만일 파키스탄 선수들이 공 근처에도 갈 수 없다면 그들이 제아무리 기술이 뛰어나도 아무런 소용이 없었다. 그러다가 자한기르가 등장했고, 그는 자신이 맞서야 할 적수를 발견했고, 이를 위한 훈련을 쌓았고, 마침내 헌트를 무너뜨렸다.

"무언가를 가지고 있어야만 하기 때문이지." 아빠의 목소리가 너무 이상했고 평소 목소리 같지가 않아서, 우리는 아빠를 이해하느라 집중해야만 했다. "몰두를 해야만 하는 거야."라고 아빠는 말했다.

모나 언니는 아빠에게 시선을 고정하고 있었다.

"우리는 칸 가족이 아니에요." 언니가 중얼거렸다.

아빠는 벤치로 와서 노트를 가방에 넣으려고 무릎을 굽혔다.

"우리는 한 형제야. 인도 사람들과 파키스탄 사람들 말이야." 아빠가 말했다.

모나 언니는 대답을 하지 않았다. 언니의 얼굴에는 말로 표현하지는 않더라도 이미 충분한 적개심이 있었고, 아빠는 그것을 보았다. 언니의 적개심은 아빠가 무슨 일을 해서가 아니었다. 그것은 아빠가 무엇에건 우리를 밀어붙이지 않았기 때문이었다. 그것은 우리가 우리 자신의 자유 의지로 코트에서 한 시간을 보냈고, 우리는 내일 또다시 이를 반복할 것이기 때문이었다.

**저녁마다 집에서** 나는 소리내어 궁금해 하곤 했다. 게드는 아직까지도 웨스턴레인에 있을까? 그는 마지막 손님이 바를 떠나고 우리가 잠을 자고 있는 이른 새벽 시간까지 거기에 있을까?

"걱정 마."라고 쿠쉬 언니는 대답하곤 했다.

우리는 욕실에서 세면대에 고개를 숙인 채로 이를 닦고 있었다. 쿠쉬 언니는 자기 머리카락과 함께 내 머리카락도 뒤로 넘겨 주었다. 엄마의 장례식날 아침에 내 머리를 단발로 잘랐는데, 귀 뒤로 넘기기에는 아직도 너무 짧고 깡총했다.

우리는 고개를 들고 거울 속에서 서로서로의 얼굴을 비교했다. 쿠쉬 언니는 얼굴이 예뻤다. 이마가 넓고, 턱은 갸름하고, 표정이 밝았다. 언니는 뭐든 겉으로 잘 드러냈다. 이렇게 보면 언니는 파반 삼촌과 비슷하다고도 할 수 있었다. 감동을 받으면 언니의 눈은 눈물로 그렁그렁했다. 더위를 느끼면 곧바로 땀을 흘렸다. 사람들은 내가 엄마의 표정과 몸짓을 갖고 있어서 내가 엄마를 가장 많이 닮았다고 했고, 나는 이것이 쿠쉬 언니가 거울 속의 내 얼굴을 들여다보면서 찾고 있었던 것이라고 짐작했다. 하지만 두 사람 모두와 아주 가깝다면, 그들이 얼마나 닮았는지를 알아보기는 어렵다.

"다 괜찮아질 거야."라고 언니는 말하곤 했다.

"알아."라고 나는 대답하고, 우리는 양치질한 것을 세면대에 뱉고 나서 수도꼭지를 잠근다.

**시월에는 한 학기의** 중간을 기념하는 방학을 맞았다. 그 무렵 모나 언니는 툭하면 아빠한테 화가 나 있었고, 그렇지 않을 때면 아빠와 '방문'을 다니는 데 종교적일 정도로 열심이었다. 아빠는 대부분의 일요일 오후에 방문을 다녔다. 엄마가 살아 계셨을 때에는 아빠와 엄마가 늘 하던 일이었다. 아빠는 우리가 함께 가는 것을 좋아했지만 한번도 강요하지는 않았다.

방문은 삼촌이나 숙모나 먼 친척의 집에서 삼십 분에서 한 시간 정도 앉아 있는 것을 의미했고, 그러고 나면, 다른 집을, 또 다른 집을 찾아가는 것이었고, 만일 우리 부모님이 아는 누군가가 병원에 입원해 있다면 대신 그곳에 가는 것을 의미하기도 했다. 엄마의 생전에도, 숙모나 나이 많은 사촌들은, 동네에서 남자 아이가 포함된 친구들과 함께 있는 모나 언니, 살갗에 상처나 멍이 든 채로 혹은 교복이 찢겨진 채로 학교에서 돌아오는 쿠쉬 언니나 나를 누가 봤다는 것을 알게 되면, 우리를 향해 고개를 설레설레 흔들면서 엄마를 생각해 보라고, 마치 엄마가 거기 우리 옆에 앉아 있지 않다는 듯이 얘기하곤 했다.

어디 가는지에 따라 조금씩 다르긴 해도, 아빠는 이제 대개 한나절에 서너 집을 방문해 냈다. 아빠는 우리가 사람들과 지속적으로 연락하고 지내야 하고, 또 우리가 조금 더 노력을 기울여야 한다고 했다. 우리는 아빠의 얼굴을 자세히 봤고, 진심이 담겨 있지 않다는 것을 알 수 있었다. 그래서 우리는, 우리는 이 사람들을 모른다고 말했다. 그러자 아빠는 우리가 누군가를 알고 싶다면 노력을 해야만 한다고 했다. 우리는 우리끼리 서로 노력을 하고 있는데요, 라고 우리는 말했고, 그냥 집에 남아 있었다.

방학이 시작된 첫 일요일에, 모나 언니는 아빠와 함께 나갔고, 쿠쉬 언니와 나는 우리집 뒤의 요새로 갔다. 요새는 시멘트 바닥을 둘러싼 세 개의 벽돌 담이었다. 측면의 담은 높고 계단식으로 경사가 져 있었다. 우리는 우리보다 키가 큰 사람은 발로 잘 버틸 수만 있다면 첫 계단까지는 타고 올라가서 거기서부터는 제일 꼭대기까지도 올라갈 수도 있을 거라고 생각했다. 근처에 사는 아이들이 아무도 거기에 들어오지 않는 것이 우리에게는 놀라웠다. 단지 우리들만이었다. 꼭대기에서 침을 뱉는 사람도, 집으로 돌아가라고 하는 사람도 없었다. 우리를 쫓아내는 사람도 없었다. 아무도 근처에 오지 않았다. 여름철에는 테니스 공을 뒷벽에 맞히거나 그냥 앉아서 놀면서 몇 시간씩 요새에서 시간을 보냈다.

　엄마가 살아 계셨을 때는 모두 함께 설탕 뿌린 딸기를 먹으며 텔레비전에서 윔블던 경기를 보고 나서, 언니들과 요새로 나와서 존 매켄로를 흉내 내곤 했다. 쿠쉬 언니가 제일 흉내를 잘 냈다. 언니는 말투도, 걸음걸이도 완벽히 해 냈다. 우리야 그를 아주 좋아했고 존경했지만, 엄마와 아빠도 그렇다는 것은 의아했다. 우리같은 아이들 눈에도 그는 악동이었다. 아빠는 아마도 매켄로 자신은 이것을 모를지도 모른다고, 하지만 불평을 하고 짜증을 내는 것으로 그가 스스로에게 공간을, 스스로에게 시간을 마련해 주고 있다고, 그리고 그동안 그는 세상을 자신과 적대적으로 만든다고, 이로써 그에게 남은 단 하나의 선택은 싸우러 나오는 것뿐이었다고 말했다. 내가 감탄했던 것은, 존 메켄로가 온통 낙담한 채로 어깨가 축 처져서 심판석에서 돌아온 뒤에도 라켓을 들어 올려 자신이 하던 방식으로 경기를 펼친다는 것이었다. 나는 그의 몸이 그의 생각을 어떤 식으로든 속이고 있다고 생각했다.

　요새의 뻥 뚫린 부분 앞에는 우리집 높이의, 잔디로 덮인 언덕이 있었다. 오른쪽에는 빨간색과 노란색 외관의 5층짜리 아파트 건물과 아이들이 자전거나 스케이트보드를 타는 보도가 있었다. 맞은편에는 버스 정류장이 있는 간선도로와 우리가 피해다니던 지하

보도가 있었다.

    나는 쿠쉬 언니의 테니스 라켓으로 줄에 매달린 공을 아래 위로 천 번 넘게 튕기고 있었다. 우리는 아무 생각도 하지 않으려고 노력하고 있었다. 모나 언니와 함께 외출 준비를 마친 후, 아빠는 외투 속에서 자동차 키를 꺼내다가 부엌의 한가운데에서 우뚝 멈추고 서 있었다. 아빠는, 옷을 차려입고 외출 준비를 마치고 곁에 서 있는 모나 언니를, 텅 빈 식탁의 한쪽을 차지한 쿠쉬 언니를, 그 반대쪽에 앉은 나를, 하나하나 바라보았고, 우리는 그 몇 초 동안 아빠가 자신의 상황을 있는 그대로 인식했다는 것을 목격했다. 만일 그때 아빠가 표현을 했다면, '나는 이것을 결코 원하지 않았어.'라고 말했을 것이라고, 우리는 짐작했다. 아빠가 본 것은 그의 앞에 펼쳐진, 엄마 없이 우리와 함께 할 세월이었다. 라켓 위나 바닥에 공을 튕기는 것은 우리 연습의 일부였다. 시선을 공에 고정해, 라고 아빠는 말했다. 나는 이 연습을 좋아했고 더 할 수도 있었지만, 쿠쉬 언니는 나를 지켜보다가 흥미를 잃었다. 나는 라켓을 내려놓았고, 우리는 외투와 스카프를 잘 여민 채로 요새의 뒷벽을 기대고 앉아서 언덕을 바라보며, 방학 동안 무엇을 할지에 대해 이야기했다. 아빠는 일하러 나갈 것이고, 그건 우리가 집안일을 마치고 나면 웨스턴 레인에 가기 전까지의 오전 동안은 게으름을 피울 수 있다는 것과, 그 후에는 우리가 하고 싶은 것을 할 수 있다는 것을 의미했다. 이번 토요일에는 구자라트어 수업이 없기 때문에 일찍 연습을 하고 나서 만약 아빠가 피곤하지만 않다면 함께 어딘가로 갈 수도 있었다. 우리를 방문하려던 탄자니아에 사는 사촌들의 계획은 엄마 일로 무산되었다. 그들은 아빠가 혼자서 감당하기가 벅찰 것이라고 생각했다. 만약 사촌들이 왔다면, 우리는 그들을 워번 사파리 공원으로 데려갔을 터였다. 언제나 인도나 아프리카에서 손님이 오면, 우리는 카레며 양파 샐러드와 파라타 빵을 담은 플라스틱 용기를 트렁크에 싣고, 손님들과 엠원 고속도로를 달려 사자를 보러 갔다. 쿠쉬 언니는 마치 이런 어리석은 생각 모두가 자기를 미쳐 버리게 만들 것같이 굴었지만, 언니도 나만큼 그곳을 좋아했다. 우리는 동물들을 좋아했다. 우리는 차를 타고 커다란 공원을 돌아다니는 것을 좋아했다. 우리는 우리 친척들이 엄마 아빠와 우리 앞에서 공원에 대해 정말 감동받으려고 노력하는 것을 지켜보는 것을 좋아했다. 사촌들이 오지 않을 테니까, 그 대신 우리는 던스터블 다운즈 언덕이나 수목원에 갈 계획이었다.

해가 요새 속으로 비쳐 들어와서 우리의 얼굴을 밝혔고, 우리는 기분좋게 따뜻해졌다.

나는 란잔 숙모가 이야기했던, '와일드하다'가 무슨 뜻일까를 토론해보려고 했다. 언제나처럼, 우리는 리스트를 만들었다. 여자 아이가 짧은 바지를 입는 것. 실내에서 뛰어다니는 것. 아무데나 뛰어다니는 것. 차창 밖으로 팔꿈치를 내미는 것. 그러나 쿠쉬 언니는 참여하지 않았다. 그냥 가만히 앉아서 내가 말하게 두었다. 나도 그만두었다. 우리는 함께 언덕을 바라보았다.

쿠쉬 언니가 말했다. "란잔 숙모는 우리가 뭘 생각하고 있는지 알아낼 방법을 몰라서 우리를 두려워하는 거야."

나는 도대체 요즘 언니한테 무슨 일이 일어나고 있는 거냐고 묻고 싶었다. 언니는 무언가에 사로잡혀서 라디오 듣던 것도, 책 읽던 것도, 모두 다 하지 않고 있었다. 그렇지만 무엇보다도 큰 문제는, 밤에 침대를 빠져나가서 어둠 속에서 우리 방 밖의 계단에 서 있는 것이었다. 모나 언니와 나는 가만히 누워서 귀를 기울였다. 확실하지는 않았지만, 우리한테는 쿠쉬 언니가 엄마에게 닿으려고 노력하고 있는 것같이 들렸다. 언니는 구자라트어로 이야기하고 있었다. 비록 단어들이 들리지는 않았지만, 이것만은 확실히 말할 수 있었다. 우리는 아빠나 삼촌들이나 숙모들에게는 항상 영어로 이야기했지만 엄마에겐 결코 그러지 않았는데, 그건 엄마가 영어를 알아듣긴 해도 엄마에게는 힘든 일이었기 때문이었다. 그리고 우리의 구자라트어는 시원찮았다. 그래서 우리는 늘 그렇게 엄마 말을 귀기울여서 듣고 또 엄마의 표정을 살폈다. 어쩌면 그래서 우리는 엄마를 당기고, 엄마한테 안기고, 엄마 앞에서 물리적으로 행동했는지도 모른다. 우리가 에딘버러에서 돌아온 뒤부터, 쿠쉬 언니는 며칠 밤마다 한 번씩 계단으로 나갔다.

나는 엄마에 대해서, 그리고 언니는 정말 언니가 계단에서 말하는 것을 엄마가 들을 수 있다고 생각하냐고 묻고 싶었다. 하지만 우리 둘이서 햇빛을 쬐면서 앉아있는 것이 행복했고, 그래서 나는 언니한테 아무것도 묻지 않았다.

쿠쉬 언니는 장갑을 벗어서 주머니에 넣었다.

"게드는 괜찮은 아이야, 안 그래?" 하고 언니가 잠시 뒤 말했다.

"뭐?"

언니는 내게로 얼굴을 돌렸다. 언니가 쑥스러워 하며 말했다.
"너 걔 좋아하니?"

나는 언니를 바라보았고, 갑자기 뒤숭숭해졌다.

"걔, 괜찮아." 내가 말했다.

언덕 너머로 해가 지기 시작했고, 곧 추워졌다. 언덕과 아파트 건물은 그 색을 잃었고, 정적이 일대를 차지했다. 춥고 색깔 없는 어둠 속에서 '사번가'가 언덕 뒤 그림자진 곳에서 나와서 누런 이를 드러낸 채 이쪽저쪽으로 뒤뚱거리면서 다가오고 있는 것이 보였다. 그 개가 언제나 나타나던 곳을 따라 우리는 그 개를 '사번가'라고 불렀다. 가끔씩은 거기 없다가 갑자기 나타나는 것 같을 때도 있었다. 녀석은 어두침침한 색깔의 커다란 개였다. 크고 못생긴 머리를 천천히 두리번거리면서, 시뻘겋게 징그러운 혀를 널름거리면서, 어슬렁어슬렁 일대를 돌아다녔다. 녀석의 그 끔찍함을 굳이 따지자면, 이 세상의 끔찍함이 아니었다. 우리 중 누가 뭐라고 했던 것 같지만, 그게 누구였건 곧 멈추고 말았다. 우리는 가만히 기다렸다. '사번가'는 언덕을 돌아왔고, 마치 달리 존재할 곳이 그 어디에도 없다는 듯, 일대 전부가 자기 소유이거나 한 듯, 야수처럼 요새의 입구를 지나 걸어오기 시작했다. 녀석은 천천히 어깨를 실룩거렸고, 우리 근처로 다가왔을 때는 우리의 심장 뛰는 소리를 들었음에 틀림없었는데, 고개를 돌려 한쪽은 황달기가 있고, 다른 한쪽은 지독히도 시커멓고 축축한 눈으로, 쿠쉬 언니를 똑바로 쳐다보았다. 그리고 나서 고개를 돌리더니 계속 걸어갔다.

쿠쉬 언니가 나를 진정시키려고 자기 손을 내 손 위에 올려놓고 있었지만, 나는 계속 떨고 있었다. '사번가'는 마치 자신이 있는 곳이라면 어디든지 쿠쉬 언니가 있다는 듯이 언니를 보았다. 나는 집으로 곧장 들어가고 싶었지만, '사번가'가 우리집 앞을 지난 뒤 학교 쪽으로 올라가기 전에 골목 어귀에서 어슬렁거리고 있을 수도 있었기에 좀더 기다려야만 했다.

"언니를 봤어."하고 나는 속삭였다.

쿠쉬 언니가 스카프를 당겨 자기 입을 가렸다.

"이제는 집에 들어갈 수 있어." '사번가'가 시야에서 벗어나자, 언니가 스카프 틈으로 말했다.

우리는 이웃집들의 뒤를 지나 천천히 걸어갔다. 집에 돌아와서 쿠쉬 언니는 냉장고 문을 열더니 콜라가 마시고 싶냐고 물었고, 나는 아니라고 말하고 정원으로 나갔다. 나는 아빠와 모나 언니가 돌아올 때까지 밖에 나가 있었다. 모나 언니가 정원을 향한 문을 열었고, 나는 언니가 들어오라고 할 줄 알았지만, 언니는 잠시 그냥 거기 서 있다가 문을 열어 둔 채로 부엌으로 돌아갔다. 나는 언니를 따라 들어갔다. 모나 언니는 아빠에게 아무 말도 하지 않았다. 언니는 쉴 새 없이 돌아다녔고, 내가 아빠랑 어디에 갔었냐고 묻자, "아무데도."라고 말하더니 라디오를 켰다. 쿠쉬 언니는 거실에서 텔레비전 채널을 돌리고 있었다. 여덟 시가 되자 텔레비전 소리도 라디오 소리도 커졌다가는 금방 뚝 끊겼다. 그런 소리가 나고 나서의 정적은 소름끼쳤다. 쿠쉬 언니가 부엌으로 왔는데, 우리가 뭘 했냐고 물어보려던 것이었겠지만, 우리 얼굴을 보고 나서는 그만 멈춰 버렸다. 언니는 일찍 잠자리에 들었다. 비가 많이 오기 시작했다. 그날 밤은 끔찍했고, 모두의 신경이 곤두서 있었는데, 나도 그 이유를 몰랐지만, 어쩌면 아무도 몰랐을지도 모른다.

새벽 두 시는 우리가 잠들어 있었어야 할 시간이었지만, 우리는 모두 말똥말똥했다. 모나 언니와 나는 각자의 침대에 가만히 누워 있었다. 왜냐하면 우리는 이불과 히터의 소음과 빗소리와 비에 젖은 자두나무 가지가 우리 방 창문을 두드려대는 소리를 뚫고, 계단에 나가서 엄마에게 이야기하고 있는 쿠쉬 언니에게 귀를 기울이고 있었기 때문이다. 언니의 목소리는 어둡고, 속삭이고 있었으며, 불안했고, 결국 우리까지도 불안하게 만들었다. 아빠 방은 바로 옆방이고, 우리는 아빠도 언니의 목소리를 들었다는 것을 알았다. 우리는, 우리가 계단에 나가면 우리 모두가 외투를 걸쳐 두는 난간 끝자락에 언니가 등을 기대고 있는 것을 발견하리라는 것과, 우리가 언니를 찾으러 나가면 언니가 우리와 함께 침대로 돌아오리라는 것도 알았다. 그렇지만 아무도 언니를 데리러 나가지 않았다. 언니는 거기에 나가서 말을 하면서, 또 들으면서 있었고, 우리에게는 뭔가가 통하고 있는 것처럼 느껴졌다.

여섯 시 무렵에 언니가 방으로 돌아오는 기척이 들렸다. 언니는 바닥에 놓인 우리의 잡동사니들이나 침대 사이사이를 잘 알고 있었거나, 아마도 어두움에 익숙해져 있었다. 침대 기둥에 무릎을 부딪치지도 않았고, 라켓이나 가방에 걸려서 넘어지지도 않았다. 언니는 이불 아래로 살며시 파고 들어갔고, 한 시간 뒤 모두가 일어날 때까지 누워 있다가 일어났다.

나는 쿠쉬 언니한테 욕실에 들어갈 차례를 먼저 차지해도 된다고 말했다. 나는 기다리는 동안, 침실의 라디에이터 옆에 서서 따뜻한 부분을 찾고 있었다. 벌써 한 달이 넘어가도록 우리집 라디에이터는 공기가 차 있었고, 그것은 라디에이터의 상당 부분이 차갑다는 것과 우리집이 결코 제대로 덥혀지지 않는다는 것을 의미했다. 언니들과 나는 긴소매 옷과 모자 달린 상의를 껴 입었고, 아빠한테는 아무 말도 하지 않았다. 아빠는 예전 같으면 문제를 바로바로 해결했을 테지만, 지금은 무시하고 있었다. 모나 언니가 와서 내 옆에 서 있었다. 우리가 찾고 있었던 것은 단지 온기만이 아니었다. 우리는 라디에이터에 기대고 선 채 쿵쿵거림을 느끼고 싶었다. 그 소리는 단지 공기가 갇혀있다는 것임은 우리도 알고 있었다. 우리는 그

쿵쿵거림을 느끼고 싶었다.

쿠쉬 언니가 욕실에서 나오고 나서, 내가 안으로 들어갔다. 나는 양변기 뚜껑을 덮고 앉아서 온수 탱크가 차오르기를 기다렸다. 나는 계단에 나갔던 게 나였어야 한다고 느꼈다. 그리고 나는 모나 언니는 그것이 자신이었어야 한다고 느꼈다는 것도 알고 있었다.

욕실은 방보다 더 추웠다. 연푸른빛의 벽은 페인트가 여기저기 벗겨지고 있었고, 욕조 위의 타일은 하나가 느슨해져 있었다. 내가 초등학교에 들어가기 전 여름, 우리 가족은 일주일을 몽땅 써서 이 벽의 페인트칠을 준비하고 칠하는 데 보냈고, 그것을 자랑할 사람들을 처음으로 초대했을 때의 기쁨은 이루 말할 수가 없었다. 그들은 나의 일곱 살 생일을 축하하러 오는 손님들이었다. 생일날 아침에 나는 지금처럼 이렇게 양변기의 뚜껑을 덮고 앉아 있었고, 엄마는 내 옆에 서서 거울을 보며 머리를 만지고 있었고, 쿠쉬 언니와 모나 언니도 함께 들어와서 욕조의 모서리에 걸터앉아 있었다. 우리는 문을 닫고 있었다. 모든 것이 새것 같은 냄새였고, 우리는 행복했다. 거울의 가장자리에 계속 김이 서려서, 엄마가 손끝으로 연신 닦아내고 있었다. 엄마는 머리를 빗고 나서 말아 올려서 매듭을 지었고, 장에서 신두르\*를 꺼냈다. 그것은 작고 납작한 구리 그릇 안에 들어 있었고, 가루는 밝고 붉은 색이었다. 버밀리언, 쿠쉬 언니가 말했다. 엄마는 손가락으로 가루를 찍어서 가르마 선을 따라 끝까지 선홍색 선을 그렸다.

그걸 내가 가져도 될까, 하고 나는 속삭였고, 바로 그렇게 말하고 싶었지만, 내가 할 수 있었던 말은 대신, 나 줘, 였다.

엄마는 웃으면서 내 뺨을 만졌다. 네 결혼식이 끝나고 나면, 하고 엄마는 말했다.

엄마가 아래층으로 내려간 뒤, 쿠쉬 언니는 나를 앉혀 놓고, 장에서 가루를 꺼내어 엄마가 한 것처럼 손가락에 묻히고 다가오더니 가르마에 선을 그려 넣었다. 그러고는 엄마가 했듯이 내 뺨을 만지면서 말했다. "생일 축하해."

나는 그대로 아래층으로 내려갔다. 파반 삼촌과 다른 친척들 모두와 함께 란잔 숙모도 있었다. 엄마는 미소를 감추려고 창문 쪽으로 고개를 돌려야만 했다. 쿠쉬 언니는 엄마가 그것을 좋아하던 것도, 란잔 숙모가 그게 액운이라고 자꾸만 말해도 뿌듯해 하던 것도 다 봤다. 쿠쉬 언니는 엄마의 빨간색 결혼식 베일을 가지러 올라갔다. 언니는 베일을 내 머리에 올려서 나를 새색시로 만들었다. 아빠가 방 한가운데에 케이크를 올려 둘 의자를 놓았고, 쿠쉬 언니는 그것이 마치 결혼식 불꽃이듯 그 의자 주위를 일곱 번 돌게 시킨 뒤, 나를 데리고 오르락내리락하며, 새로 생긴 시댁 식구들에게 인사를 시켰다. 마침내 언니가 나를 아빠에게 데려오자, 아빠는 처음엔 엄마의 베일을 쓴 나를 보다가 곧 엄마를 보더니, 아빠 역시 창문 쪽으로 고개를 돌려야 했는데, 그것은 무엇을 숨기기 위해서가 아니었다. 그것은 아빠가 느꼈던 것을 유지하기에는 거실이 너무

좁았기 때문이었다. 아빠의 그런 모습을 기억했던 것도 쿠쉬 언니였다. 일곱 살 생일날에 대해서 내가 기억하는 것이라고는, 거실을 뱅글뱅글 돌며 엄마의 빨간색 베일을 통해서 모든 것을 보았던 것뿐이지만, 쿠쉬 언니는 장례식이 끝난 뒤 하루 종일(그날은 숙모들이 엄마의 유품들을 놓고 보다가 그중 한 사람이 엄마의 신두르를 갖게 된 것을 우리가 목격했던 날) 일어났던 이야기를 들려주었다. 나는 거울을 보려고 일어났다. 나는 가르마를 손가락으로 따라 내려가다가 온수가 준비되었을 때 세수를 했다. 나는 정성껏 샤워를 하고 옷을 입었다. 만의 하나, 청결하고 단정하게 보이고 싶었다.

아빠는 이미 일을 하러 나갔고, 우리가 웨스턴레인으로 떠날 때까지는 아직도 두 시간이 남아 있었다. 방에서는 모나 언니가 화장대 앞에 앉아 있었다. 쿠쉬 언니의 침대는 정돈되어 있었고, 언니의 잠옷은 잘 개켜진 채로 베개 위에 놓여 있었다. 밖으로 나가자, 언니가 문간에 앉아 있었다. 언니는 육중한 케이프가 달린 아빠의 얼스터 코트를 입고 있었다. 소매는 말아 올려져 있었고, 언니가 일어서면 밑단이 바닥에 질질 끌릴 게 그려졌다. 반대쪽 벽의 꼭대기와 바닥과 문간에는 서리가 켜켜이 맺혀 있었다.

"언니 뭐 해?"

언니는 나를 올려다 보더니 미소를 지었다. "예쁘네."

나는 부츠의 끝머리로 문간의 서리를 조금 털고는 언니 옆에 앉았다. "고마워."

언니의 손가락은 추위로 새파랬고, 언니는 내가 보고 있는 것을 보고 나서는 손을 주머니 속에 넣었다.

"언니, 그 사람이 언니한테 뭐래?" 내가 물었다.

나는 언니가 대답하지 않을 것이라고 생각했지만, 언니는 잠시 뒤에 물었다. "누구?"

"엄마."

"아." 언니는 아빠 코트의 밑단을 주머니 속에 든 손으로 들어 올리며 일어섰다. "아무 말도 안 했어."

"하지만 엄마가 계단에는 있었던 거지?"

언니는 나를 바라보았다. "그런 게 아니야." 언니가 말했다.

"어떤 건데?" 내가 물었다.

이 말을 하면서도 뭔가 내가 꼭 쥐고 있던 것이 빠져나가는 것이 느껴졌던 것은, 거기에 아무것도 없다는 것을, 나는 어쨌든 알고 있었기 때문이었다. 그건 그저 혼자서, 계단에 서서 어딘가에 가 닿으려고 하고 있었던 언니였던 것 뿐이었다.

"괜찮아. 말 안 해도 돼." 내가 말했다.

쿠쉬 언니는 다시 앉아서 맞은편의 주차장과 큰길 쪽을 향하는 골목을 바라보았다. 언니는 주머니에서 손을 꺼냈고, 언니의 손은 아직도 추위로 새파랬다. 문득 언니에게 게드에 대해서 설명하고 싶어졌다. 나는 언니가 그에 대해서 물었을 때 언니한테 화가 났었고, 그것은 미안했지만, 무슨 얘기를 해야 할지는 여전히 몰랐다.

어쩌면 게드가 내 라켓에 그립을 감아주었을 때와 관련이 있을지도 몰랐다. 아니면 게드가 말을 더듬는 것 때문일지도 몰랐다. 그럴 때면 잠자코 있으면서 게드가 말을 하게 기다려야 한다. 어떨 때는 말을 하다가 말고 가만히 있을 때도 있지만, 그건 잠시일 뿐이다. 하지만 게드가 노력하고 있다는 걸 느낄 수가 있었고, 침묵 속에서 마치 부유하듯 그에게 다가가는 듯 느껴졌다. 내가 전혀 움직이지 않을 때조차도 말이다. 나는 쿠쉬 언니의 옆모습을 보았다. 언니라면 게드에 대해서 어떻게 설명할지 알고 있었을 터였다. 나는 안으로 들어가고 싶었다. 언니는 꼼짝도 하지 않았다. 언니는 문턱에 손을 올려두고 있었고, 언니의 손가락이 너무 파랗게 얼어 있어서 내 손가락 끝이 쓰라렸다.

둘

스쿼시 코트 안에서의 동작들은 아주 독특하다. 티존에서 코트의 뒷벽까지, 한 발만 옆으로 움직여 피벗하거나, 앞으로 내닫거나, 코트를 미끄러지듯 움직이는 것이다. 공을 치고 나면, 반동으로 몸이 코트 뒤로 밀려나지만, 너무 늦지도 너무 빠르지도 않게 되돌아와야 한다. 동시에 너무 늦게 또는 너무 일찍 돌아오는 것을 걱정해서도 안 되는데, 걱정을 하다보면 발을 잘못 내딛게 되기 때문이다. 고스팅은 동작을 매끄럽게 만드는 방법이다. 우리는 코트 안에서 공 없이 라켓만 가지고 게임 동작들을 반복, 또 반복한다.

우리가 고스팅을 연습할 때면, 아빠는 코트의 앞쪽에 서서 우리를 지도했다. 아빠는 손으로 방향을 가리켜서 우리가 고스팅해야 할 샷을 표시했다. 포핸드 코너에 툭 떨어뜨리는 드롭, 백핸드로 바운드 없이 바로 받아치는 발리, 직선으로 치는 스트레이트 드라이브. 아빠는 한 연습과 다음 연습 사이의 시간 차이를 달리 했다. 우리가 드롭을 쳐내자 마자 같은 코너를 다시 방어하게 만들기도 하고, 티존에 아주 오래 머물게 해서 우리가 모멘텀을 잃게도 만들었다. 아빠는 공을 얼마나 오랫동안 주고 받게 될지에 대해서도 미리 알려주지 않았다.

때때로 아빠는 발코니에 올라가서 우리를 지도했고, 어떤 샷인지를 지시하는 대신 번호를 불렀는데, 각각의 번호는 코트의 부분 부분들을 지칭했다. 아빠는 결코 목소리를 높이지 않았다. 이 모두가 코트에 대한 감각을 아래에서뿐만 아니라 위로부터도 뒤흔들어

놓았다. 우리는 우리의 생각이 아빠의 생각 속으로 빠져들어가는 것을 느끼게 되고, 그러다 보면 지시를 들을 필요가 전혀 없어지는 것만 같았는데, 왜냐하면 우리가 아빠와 똑같은 순간에 다음 동작이 뭔지를 알았기 때문이었다.

**아빠는 몸바사에 사는** 어린 시절의 친구, '발라'에게 엄마가 세상을 떠났다는 소식을 전하려고 편지를 썼다. 발라 아저씨가 답장을 했고, 두 사람은 정기적으로 편지를 주고받기 시작했다. 금요일 저녁이면 아빠는 형광등 아래에 놓인 식탁에 앉아서 한 시간 반씩 편지를 썼고, 봉투에 주소를 쓴 뒤 편지를 봉투에 넣고, 아침에 붙이려고 문 옆에다 놓아두었다. 우리는 숙제나 다림질이나 독서 등 뭔가 다른 일을 하고 있었지만, 아빠가 거기에 앉아 있다는 것은 언제나 의식하고 있었다. 친구에게 편지를 쓰고 있을 때의 아빠의 표정은 깨어 있었다. 아빠는 우리와 함께 부엌에 있는 것이 아니라 전적으로 다른 어딘가에 있었다. 디왈리* 명절을 앞두고, 발라 아저씨에게서는 편지 대신 소포가 도착했고, 거기에는 아빠는 물론, 나와 언니들의 이름도 적혀 있었다. 아빠는 나더러 그 소포를 열어 보라고 했다. 소포 안에는 비디오테이프 하나가 들어 있었는데, 자한기르 칸의 세 시간짜리 영상물이었다. 이 영상물은 우리 훈련의 일부가 되었다.

    디왈리를 앞둔 이 주일 동안, 밖은 얼어붙을 정도로 추웠고, 우리는 눈이 올 것만 같다는 기대로 커튼을 열어 놓은 채로 거의 매일 밤 그 비디오를 봤다. 디왈리에는 주로 에딘버러로 갔고, 파반 삼촌은 정원에서 모닥불을 피웠다. 우리는 삼촌이 준비한 명절 장식을 좋아했고, 삼촌이 모닥불에서 구워 주는 커다란 감자를 좋아했다. 우리는 이튿날 아침 삼촌을 도와서 모닥불을 지피고 남은 재와 마당에 떨어진 종이 조각들을 치우는 것까지도 좋아했다. 그러나 이번에는 우리들 중 아무도 에딘버러에 가고 싶지가 않았다.

방과후, 다락에서 여행 가방을 가지고 내려왔다. 모나 언니는 일주일치 우유 배달을 취소시켰고, 우리는 하늘이 어둑어둑해지는 가운데 텔레비전을 켜 놓은 채로 다 함께 거실에 앉아 있었다. 우리가 아빠에게서 뭔가를 필요로 한다는 것을 아빠도 느낄 수 있었다. 아빠는 텔레비전을 무음으로 맞춰 놓고, 정말 작은 소리에라도 귀를 기울이고 있다는 듯이 앞으로 당겨 앉았다. 우리는 숨을 참고 있었다. 아빠는 소파에서 몸을 일으켜서 내 이마에 손을 갖다 댔다. 아빠는 잠시 그렇게, 나한테는 아빠의 어둡고 깊은 데만 보일 때까지 내 눈을 똑바로 들여다봤고, 이윽고 란잔 숙모에게 전화를 하려고 복도로 나갔다.

아빠는 숙모에게 내가 열이 나서 우리가 집에서 머무르는 편이 좋겠다고 말했다.

쿠쉬 언니는 담요를 턱밑까지 끌어당긴 채로 텔레비전에서 눈을 떼지 않았고, 모나 언니 역시 그랬다. 우리는 아빠가 복도에서 통화하면서, 내 식욕과 열에 대해 묻는 질문에 대답하고 있는 것을 들었다. 모나 언니가 리모콘을 향해 팔을 뻗었다. 언니가 볼륨을 높였다. 아빠는 돌아와서 자리에 앉더니 무릎 사이에서 두 손으로 깍지를 꼈다.

"이 편이 나아." 아빠가 우리에게 말했다.

모나 언니는 소파에 앉은 아빠 쪽으로 몸을 기댔고, 쿠쉬 언니와 나는 바닥으로 내려가 카펫 위에 엎드렸다가 일어나 앉아서 아빠와 언니의 무릎에 등을 기댔다. 우리는 텔레비전 불빛이 우리 위로 깜빡거리고 있는 동안 오래오래 그렇게 앉아 있었다.

그 후 며칠 동안, 언니들과 나는 새로운 일상에 익숙해졌다. 요새에서는 앞벽에 대고 테니스 공을 쳤고, 모나 언니나 쿠쉬 언니가 공을 요새 밖으로 넘기면 내가 주워 왔다. 집에서는 아빠와 함께 발라 아저씨의 비디오를 봤다. 나는 텔레비전 근처에 앉았다. 아빠가 우리한테 뭔가를 보여주고 싶어하면, 비디오를 중단하거나 되감을 사람이 다름아닌 나였기 때문이었다. 우리 사이에는 선이 하나 있었고, 모나 언니와 쿠쉬 언니가 한쪽을, 내가 다른 쪽을 차지했다.

아빠는 때때로, 우리가 무엇을 눈치채기를 아빠가 바랐겠냐고, 나에게 물었다. 내가 머뭇거릴 때면, 아빠는 앞으로 당겨 앉으면서, "곰곰히 생각해 봐봐."라고 말했고, 얼굴에 심각한 표정을 지으면서 의자 속으로 다시 몸을 묻었고, 언니들은 그런 아빠를 지켜보고 있었다.

예민할 때도, 아플 때도 많아지고, 두통과 나쁜 기분을 달고 살던 모나 언니가, 아빠가 우리 중 누구를 란잔 숙모에게 주게 될지에 대한 추측을 시작했던 것도 이 무렵이었다. 언니는 화장대 거울 속의 나를 보고 있었다.

"너는 너의 지금 모습 그대로만 있다면 아무것도 걱정할 필요 없어." 언니가 말했다. 언니는 화장대 위의 코코넛오일 바로 옆에 자기 빗을 내려놓았다.

며칠이 지나서 우리가 동네 도서관의 위층에서 숙제를 하면서 앉아 있을 때였는데, 모나 언니가 책상 너머로 몸을 기울이더니 내 가슴이 보이기 시작한다고 크게 중얼거렸다.

나는 교과서 뒤로 고개를 묻었다. 손이 뜨겁게 달아올랐다. 내 속에서 갑작스러운 화가 치밀었다.

누군가가 "쉬" 하고 말했다. 모나 언니는 자신의 책을 챙겨서 어딘가 다른 자리로 가서 앉았다.

디왈리 아침에 우리는 침대에서 일어나 아래층으로 내려갔다. 날은 아직 어두웠다. 모나 언니는 우리가 디왈리 등불을 위해 사용하던 유리 백조를 꺼내 왔다. 엄마는 우리에게 백조의 몸을 색깔있는 물로 채우는 방법을 가르쳐 주려고 노력했었다. 백조의 목과 머리까지 물을 채우려면 요령껏 백조를 기울여야만 했고, 그러고 나서 백조의 등에 초를 띄워야 했다. 대개 내 백조는 엄마가 도와줬다. 모나 언니는 내게 백조 하나를 건네주었고, 나는 언니와 쿠쉬 언니가 나를 지켜보고 있다는 것을 느꼈다. 나는 백조를 언니에게 돌려주려고 했다.

"언니가 해." 내가 말했다.

"아니."

나는 물 주전자 안으로 손을 집어 넣어, 물을 물들이기 위해 사용했던 빨간 색종이를 꺼냈고, 투명한 빨간색으로 변한 물을 주전자에서 유리 백조 안으로 부어 넣었다. 나는 백조를 기울였다가는 바로 세웠고, 양초의 심지를 길게 세워서 물에 띄웠다. 내가 다 마치고 나자, 모나 언니가 빨간 백조를 개수대 옆에 놓았고, 우리 셋이서 함께 그것을 바라보았다. 백조의 목을 이루는 곡선 부분에 길다란 공기 방울이 떠 있었다. 백조의 머리가 마치 몸에서 떨어진 것처럼 보였다.

"다시 해 볼게." 내가 말했다.

"왜?" 모나 언니가 말했다. "시간이 없어."

언니와 쿠쉬 언니도 각자 백조를 만들었고, 우리는 이들을 거실로 가지고 가서 벽장에 나란히 놓았는데, 아빠가 아래층으로 내려오자 모나 언니가 각각의 백조가 누구의 것인지를 아빠에게 설명했다.

**우리는 디왈리에** 란잔 숙모에게 못 갔기 때문에, 크리스마스 이브에 다녀오기로 했었다. 아침에 운전해서 에딘버러로 갔다가 다음날 저녁에 돌아올 예정이었다. 그리고 크리스마스 이튿날인 복싱 데이에는 동네에서 아빠의 지인들을 방문할 계획이었다.

나는 오전 여섯 시에 일어나기 시작했다. 그 시간에는 혼자 있을 수 있기 때문이었다. 모든 것이 우중충하고 비가 많이 내렸던 크리스마스 전주에는, 모두가 위층에서 자고 있는 동안 거실에서 얇은 옷차림으로 텔레비전 앞에 웅크리고 앉아 있었다. 발라 아저씨의 비디오테이프가 돌아가고 있었다.

세 시간 동안 자한기르 칸을 보고 있다 보면, 무언가가 일어난다. 그가 상대 선수의 생각을 읽고 있다고 믿기 시작하는 것이다. 자한기르는 건장하고 빠르며 우아할 지경이었지만, 그가 상대편의 생각을 따라가는 방식이야말로 우리가 계속해서 보고 있게 만드는 요소였다. 그는 상대방이 어떤 경기를 하든, 상대의 무기로 그들 자신을 공격하게 만들거나 혹은 자기 자신의 무기로 그 모든 상대를 무찔러 냈다. 각각의 경기는 같은 자한기르의 경기이면서도 결코 같지가 않았다. 그가 히디 자한, 고기 알라우딘, 카마르 자만, 제프 헌트 등 그 누구를 상대하건, 마치 그에게만 유리하게 무언가가 조작된 것만 같았다. 이들 선수들은 자신들이 무엇을 직면하게 될지를 알면서도, 또 동시에 아무것도 모른다.

소리는 꺼 두었다. 나는 만일 내가 본 것이 아빠가 본 것과 다르다면 그것을 보려고 노력했다. 아빠는 자한기르가 다른 사람의 생각을 읽는다는 것에 대해서는 한번도 이야기하지 않았다. 아빠는 자한기르가 어떤 상황에 직면했을 때의 감정과 자기 뒤에서 일어나고 있는 상황에 대한 그의 감각에 대해서 설명했다.

누군가가 아래층으로 내려와서 부엌으로 가는 소리가 들렸고, 몇 분 후 쿠쉬 언니가 다이제스티브 비스킷 위에 오렌지를 올려 담은 접시를 들고 들어왔다. 그것은 엄마가 우리에게 갖다주시곤 했던 간식이었다. 나는 볼륨을 켰다.

쿠쉬 언니는 경기 중에 구경거리를 만드는 선수들을 좋아했다. 코트 뒷벽을 향해 공에 금이 갈 정도로 힘차게 라켓을 휘두르고, 그야말로 마지막 순간에야 라켓 면을 열어서 공을 닉*에 빠뜨리는 선수들이었다. 자한기르가 이런 선수들을 이겨버릴 때면 언니의 가슴도 철렁하고 내 가슴도 철렁했지만, 그러나 나는, 아빠가 자한기르도 그랬다고, 자한기르 또한 그 모든 것을 갖추고 있었다고, 그 차이점은 자한기르는, 공을 쫓아가서 미리 받아 치고, 코트의 뒷쪽으로 거듭거듭 보내는 장기전의 힘을 알고 있었던 것이라고 말했을 때 아빠가 옳았다는 것을 알고 있었다. 쿠쉬 언니는 내 옆에서 양반 다리를 하고 앉아서 하품을 하면서 대충 보고 있었다.

언니의 다리 위에는 우리가 구자라트어 수업에 가면서 부칠, 봉투에 봉해진 아빠의 편지가 놓여 있었다. 언니는 아빠가 뭐라고 썼는지 봉투를 열어보자고 말하고 싶은 것이었다. 그것을 두고 얘기를 한 적은 많았지만 한번도 그렇게 한 적은 없었다. 아빠가 친구에게 뭐라고 말할지를 상상하는 것만으로 대신 만족했다. 우리는 우리와 우리 생활에 대한 상세한 묘사가 아닐까 하고 상상하곤 했다. 우리가 마치 영화 배우나 범죄 혐의자들처럼 붉은 색의 서비스 라인이 그려진 앞벽을 등 뒤로 하고 나란히 서 있고, 아빠가 코트 안에서 운동복 차림의 우리 사진을 찍었을 때일까. 자한기르가 그의 사촌이자 코치였던 라흐맛과 훈련했던 경기장을 보려고 우리가 웸블리에 갔던 때일까. 우리 중 하나가 가방에 치즈 한 덩어리와 칫솔 하나, 깨끗한 속옷 한 벌을 넣고 아파트 뒤편의 커다란 밤나무까지 갔다가 말벌들 때문에 돌아왔던 때일까. 그러나 우리는 아빠가 편지 속에 썼던 것들은 우리와는 무관할 것이라는 것도 알고 있었다. 그건 아빠와 삼촌들과 발라 아저씨 모두가 젊었고, 우리는 아직 존재하지도 않았던 몸바사 시절과 관련되어 있었을 터였다.

텔레비전이 어두워지더니 곧 새로운 경기가 시작되었다. 몇 분 동안은 아무 소리도 나오지 않았다. 화면은 흐릿했고, 다시 소리가 나오기 시작했을 때는 시끄럽게 웅웅거렸다. 쿠쉬 언니가 키친 타올 한 장을 내게 건네주었다. 나는 턱을 닦았다. 갑자기 졸음이 와서 나는 내 몸을 언니한테 기대고 싶다는 충동을 느꼈지만, 언니는 비스킷과 오렌지를 먹는 것에 집중하고 있었다. 나는 몸을 떨고 있었다. 쿠쉬 언니는 우리가 문간에 앉아서 내가 언니에게 물어봤던 그때 이후로는 더이상 밤에 계단으로 나가지 않았다. 나는 그것이 아마도 쿠쉬 언니가 그동안 자신이 계단에서 이야기를 했던 상대가 엄마가 아니라고 결론을 내렸기 때문일 거라고 짐작했다. 나는 그것이 언니가 중단했던 이유였다고 생각했다. 나 또한 엄마가 돌아오고 있다고 믿게 된 일들을 경험하기 시작했다. 그건 언제나 차가운 느낌과 함께 시작되었고, 만일 쿠쉬 언니와 함께 있을 때라면 나는 엄마가 나를 바라보고 있음을 언제나 느낄 수 있었다. 그 차가운 느낌이 지금 찾아왔다.

나는 눈을 감았다. 텔레비전 속 경기의 웅웅거리던 소리가 점점 커졌고, 밖에서는 계속 비가 내리고 있었다. 나는 비스킷 조각을 입 속으로 밀어 넣었다. 비스킷은 오렌지로 인해 촉촉해져 있었다. 삼켜 보려고 했지만, 부드러워졌다고는 해도 목에 걸릴 것만 같았다. 눈을 감고 있자, 거실에 놓인 보라색 소용돌이 무늬의 두꺼운 카펫과 이층 침실 창에 드리워진 파란 커튼이 보였다. 나는 마치 내가 엄마인 것처럼, 마치 돌아와서 집을 돌아다니고 있는 것처럼, 모든 것을 보았다. 나는 우리를 보았다. 텔레비전 앞에 앉아 있는 나와 쿠쉬언니를, 그리고 이층에 있는 모나 언니. 그러나 엄마에게 가서 우리가 무엇을 하고 있는지 보러 오게 하려고 엄마 손목을 끌고 오는 것 대신, 나는 엄마가 여기 우리에게로, 지금 우리에게로 돌아오시면 어떨지를 생각하고 있었다. 혹시 엄마가 이미 너무 오래 어딘가 다른 곳에 머물렀던 것은 아닌지 몰랐던 것이다.

나는 몸을 앞으로 기울여, 손에 뺨을 기댔다. 아마도, 엄마는 기꺼이 돌아왔다가 우리가, 우리 몸이, 엄마한테는 너무도 견고하고, 너무도 딱딱하다는 것만 발견할지도 모른다고 생각했다. 우리의 손길이 엄마를 멍들게 하는 것은 아닐지가 걱정되었다. 우리의 이야기가 엄마 귀를 아프게 하는 것은 아닐까. 우리가 움직이면 엄마 옆을 날아가다가 엄마를 떨어뜨리고 마는 것은 아닐까. 우리가 아주 조금이지만 달라 보여서, 우리가 부정할 것을 두려워하면서 엄마가 그런 이야기들을 결코 하지 않게 되는 건 아닐까.

나는 내 티셔츠의 소매를 보았다. 회색 천은 늘어나 있었고, 곧 구멍이 날 것 같았다. 나는 팔을 앞으로 뻗어 카펫에서 비스킷 부스러기를 줍고 있는 쿠쉬 언니를 바라보았다. 아빠가 그렇게까지 안 바뀌었다면, 아빠가 자신을 그렇게까지 완벽히 우리의 새로운 일상으로 던져넣지만 않았어도 달랐으리라고, 나는 생각했다. 엄마는 머물러서 우리에게 다시 익숙해졌을 텐데.

텔레비전 속 경기는 줄곧 이어졌다. 살짝 쌀쌀한 바람과 복도 끝의 이중문이 여닫히는 소리와 수영장의 살균제 냄새가 느껴졌다. 그러자 모든 것이 흑백이었고, 나는 내가 꿈을 꾸고 있다는 것을 알았다. 왜냐하면 아빠가 스쿼시 코트 밖에서 서서 노트 속을 들여다보고 있었고, 엄마는 근처의 벤치에 앉아서 아빠를 가만히 보고 있었기 때문이다. 엄마는 무엇을 보고 있는 것인지 이해하지 못했다. 나는 아빠의 얼스터 코트를 입고 코트 안에 있었고, 내 손에는 노란색으로 그립이 새로 감긴 라켓이 들려져 있었다. 나는 그립에 뭔가 문제가 있다는 희미한 느낌이 있었지만 그것에 대해서는 걱정하지 않았다. 왜냐하면 나는 유리벽으로 가서 아빠가 무엇을 하고 있는지를 엄마에게 설명해야만 했기 때문이었다. 내가 설명하지 않으면, 엄마는 이 모든 것에 엄마를 위한 자리가 없다고 생각해서 곧 자리에서 일어나서 떠나가 버릴 것이었다. 하지만 내가 유리문에 손을 갖다 대자, 아빠는 강력하면서도 부드러운 동시에, 비밀스럽고도 친밀한 눈길을 보냈고, 나는 우리 두 사람 사이에는 지켜야 할 비밀이 있다는 것을 알았다. 나는 그립을 내려다 보았고, 돌아서서 연습을 계속했다.

"무슨 일이야?"

쿠쉬 언니의 얼굴이 내 얼굴 바로 앞에 와 있었고, 언니의 목소리가 이상했는데, 나는 언니가 울기 직전이라는 것을 깨달았다. 그것은 내가 울고 있었기 때문이었고, 그저 조용히 혼자서 우는 울음이 아니라, 깊디깊은, 부풀대로 부풀어오른 울음이었고, 내 어깨가 들썩거리고 있었고, 모든 것이 눈물로 가득한 것만 같았기 때문이었다. 나의 손도, 뺨도, 입술도 젖어 있었다. 쿠쉬 언니는 내 어깨를 붙잡았고, 나는 그저 계속해서 울었다. 그 울음은 내 안에 있는 크고 광활한 어딘가에서 오는 것처럼 느껴졌다.

**모나 언니가 아래층으로** 내려왔을 무렵에는 나는 텔레비전 앞에서 카펫에 누운 채로 반쯤 졸고 있었다. 쿠쉬 언니가 담요를 덮어 주었다. 텔레비전에서는 자한기르가 제프 헌트를 상대로 평상시의 자한기르다운 장기전을 치르고 있었고, 쿠쉬 언니가 볼륨을 낮췄지만, 나는 그들이 공을 주고받는 소리를 들을 수 있었다.

"우리, 구자라트어 수업에 가지 말자." 쿠쉬 언니가 모나 언니에게 말했다.

모나 언니는 우리 뒤에서 식탁 의자를 자기 발로 툭툭 차고 있었다.

"마둘라벤 선생님이 아빠한테 말할 텐데." 언니가 말했다.

언니가 맞다. 마둘라벤 선생님은 아빠한테 말할 것이고, 아빠는 그녀에게 뭐라고 말해야 할지 모를 터였다. 나는 팔꿈치를 의지해서 자리에서 일어났다.

"괜찮아. 우리, 갈 수 있어."

쿠쉬 언니는 나를 자세히 보았다. 나도 언니의 눈을 응시하려고 노력했다. 머리가 어지러웠다.

"안 돼." 언니가 말했다.

다음 순간, 나는 이층의 내 침대에서 뜨거운 물 주머니와 담요 두 개를 덮고 있었다. 한 일 주일 남짓 온통 열에 시달렸던 것 같았다. 담요가 무겁게 느껴졌던 것만큼은 기억난다. 담요는 축축하면서도 따뜻하게 느껴졌다. 침대 옆의 전등에 불이 켜져 있었던 것도 기억난다. 희미한 불빛 속에서, 내 위에 있던 모나 언니의 철제 침대 프레임 속 얼기설기한 모양을, 언니가 누워 있을 때면 살짝 튀어나와 있던 그것을, 몇 시간씩 보고 있던 것도 기억난다.

아빠는 우리 침실에는 결코 안 들어왔지만, 그때만큼은 들어왔다. 어쩌면 꼭 한번이었을 수도 있다. 나와 아빠만이었다. 아빠는 아무런 말도 없이 화장대 앞의 유아용 의자에 잠시 앉아 있었지만, 방을 떠나면서 내 침대로 다가왔고 내 가슴 위에 가볍게 손을 얹어 놓더니 이불을 정성껏 덮어 주었는데, 그것은 아빠가 해 놓은 것을 망칠까봐 밤새도록 내가 아예 움직일 수가 없을 정도로 꼼꼼한 방식이었다. 내 전등은 오렌지색으로 빛났고, 내 심장이 가만히 뛰고 있는 소리가 들렸다.

**모나 언니가 우겼기** 때문에 나는 병이 나을 때까지 집에 있었다. 그러나 그 모든 시간 동안 아빠는 내가 웨스턴레인에 돌아갈 수 있게 준비하고 있었다. 매일 밤 아빠와 나는 발라 아저씨의 비디오를 밤늦도록 봤다. 나는 아빠와 함께 앉아 있는 것이 좋았다. 모나 언니는 내가 일찍 자야 한다고 잔소리를 했지만, 아빠는 나에게는 다른 데 신경을 쓸 곳이 필요하다고 대답했다. 마침내, 나는 학교로 돌아갔지만, 우리는 밤늦게까지 비디오 보는 것을 계속했고, 나는 학교에서 졸다가 선생님이 내 이름을 부르는 소리에 화들짝 놀라서 깨곤 했다.

모나 언니는 늦게 자는 것보다는 스쿼시 연습이 낫겠다고 마침내 결정했던 것 같다. 어느날 아침, 아빠는 부엌에서 내 반대편에 코트를 입고 앉은 채로 내가 시리얼을 다 먹도록 기다리고 있었고, 내가 다 먹고 나자, "구자라트어 수업이 끝나고 나서 웨스턴레인에서 보자."라고 말했다.

　마침 모나 언니가 들어왔고, 언니는 틀림없이 아빠 말을 들었다. 언니는 그릇장에서 그릇을 꺼냈다. 언니는 나나 아빠를 쳐다보지 않고 자기 그릇에 시리얼을 부어 넣었다. 아빠는 일어나서 일하러 나갔다.

　구자라트어 수업에는 우리가 제일 먼저 도착했고, 그래서 책상을 밖으로 꺼내 와야만 했다. 우리는 모두 열여덟 명이었고, 여섯 살에서 열다섯 살에 걸쳐 있었다. 우리는 나이나 능력과 상관없이 자유롭게 앉았다. 언니들과 나는 항상 첫날 우연히 앉았던 자리로 가서 앉았다. 학생들 각자는 옆에 앉은 학생과 짝을 이뤄, 먼저 나이가 많은 학생이 어린 학생이 읽는 것을 도와주고 나서, 서로의 역할을 바꾸었다. 나는 베리 파크에 있는 야채 가게 위의 한 칸짜리 방에서 부모님과 할머니와 함께 살고 있는 '하리'라는 이름의 소년 옆에 앉았다. 하리는 일곱 살이었고, 그 아이의 구자라트어는 나보다 나았다. 나는 하리가 먼저 읽게 했다. 강당 안은 더웠고, 나는 피곤해지기 시작해서 밖으로 나가고 싶었다. 나는 몸에 멍이 들었고 무겁다는 느낌이 들었다. 하리의 숨결에서는 감자 냄새가 났고, 옷에서는 곰팡이 냄새가 풍겼다.

　마둘라벤 선생님은 교실 앞에서 우리를 지켜봤다. 그러다가 라디오를 켠 뒤에 난방을 켜고, 교실 한쪽 끝의 라디에이터에 걸터앉아서 로맨스 소설을 읽었다.

교실에서의 우리는 우리끼리만 있는 편이었다. 다른 소녀들은 카탁* 춤과 퀸즈웨이 홀에서의 연극에 참가했기 때문에 서로서로 알고 있었다. 그 아이들이 우리를 따돌리는 것은 아니었지만, 우리는 그들과 무슨 말을 해야 할지를 몰랐고, 그들도 우리와 무슨 말을 해야 할지를 몰랐다. 나는 그중 나이가 많은 편이던 '지닐'이 책을 읽다가 나랑 언니들을 힐끔거리고 있다는 것을 느꼈다. 엄마가 돌아가시고 나서, 우리는 언제나 머리를 깨끗이 감고, 손톱을 짧게 자르고, 옷을 청결하게 입으려고 신경을 썼다. 우리는 모두, 서로에게 물어볼 것도 없이 본능적으로 이 소녀가 우리에게서 뭔가 모자란 것을 발견했다고 느꼈다. 우리는 고개를 숙였고, 그것에 대해서 생각하지 않으려고 노력했지만, 우리 셋의 목소리는 마둘라벤 선생님의 라디오에서 나오는 낮은 음악 소리와 우리 모두가 책을 읽는 가운데에서도 크고 두드러졌다. 나는 좀더 조용히 읽으려고 노력했고, 결국 하리가 그의 숨결이 내 뺨에 닿을 정도로 나에게로 다가오게 만들고 말았다.

마둘라벤 선생님이 수업으로 다시 돌아왔을 때에는 라디에이터 위에 앉아 있느라 뺨이 달아올라 있었다. 선생님은 자신의 카미즈* 앞의 주름을 폈다. 선생님은 수업을 시작할 수 있도록 우리가 조용해질 때까지 우리의 머리 위를 바라보면서 기다렸다. 늘 그렇듯이 선생님이 고른 문장은 이해하기가 어려웠고, 우리가 이해하지 못하는 문법과 단어가 쓰여 있었다. 나는 문장을 쓰는 것으로 만족했다. 이해하려고 노력하지는 않았다. 나는 내가 할 수 있는 한 최선을 다해서 또박또박 글자를 쓰면서 새 페이지에 그 문장을 적었다.

엄마가 아직 여기 있었을 때는, 언젠가는 내가 마둘라벤 선생님의 문장들을 외워서 집으로 돌아가서 엄마에게 들려주는 것을 상상했었다. 나는 엄마의 생각들이 이런 언어로 엄마에게 왔을 거라고 믿었다. 그리고 엄마가 돌아가시고 나서는, 내가 관심을 가졌더라면 좋았을 텐데, 배워 두었더라면 좋았을 텐데, 마둘라벤 선생님에게 이 문장들이 무슨 뜻인지 알려달라고 했어야 했는데, 하고 후회했다.

수업이 끝난 후, 우리가 책상을 치우고 외투를 입고 난 다음에, 지날은 무언가 불평할 만한 일이 있다는 것이 분명한 태도로 모나 언니에게로 다가왔다.

"안녕. 너희 어머니 소식을 들었어." 그녀가 말했다.

이것이 그녀가 이야기하고 싶었던 주제가 아니라는 것은 우리에게 분명했다. 그녀와 우리는 엄마가 돌아가신 뒤 같은 교실에서 여남은 번은 더 함께 있었고, 그녀는 이제껏 아무 말도 하지 않았다. 지날이 열 살이었을 때 그녀의 아버지가 세상을 떠나고 나서, 우리는 바로 다음날 모두 흰옷을 입고 조의를 표하러 갔었다. 아마도 그녀도 이렇게 많은 시간이 지나고 나서 이제야 우리에게 다가오는 것이 이상하다는 것은 알았을지도 모른다.

모나 언니가 말했다. "고마워." 우리는 걸어가려고 했지만, 지날은 여전히 거기 서 있었다. 그녀도 외투를 입고 있었는데, 거의 복도를 막아서다시피 서 있었다.

"너희 아버지는 어떠시니?" 그녀가 물었다. "너희 아버지가 우리 오븐을 고치러 오셨었는데, 마치고 나서 아무 말도 없이 떠나셨고, 차에는 손도 안 대셨거든. 어쨌든 우리 엄마가 걱정하셔서…"

"우리 아빠는 잘 지내셔." 모나 언니가 말했다.

지날은 당황한 것 같았다.

"그래, 그럼,…" 그녀가 중얼거렸다. 그녀는 잠시 뒤 뭔가 이유를 대며 친구들이 기다리고 있는 쪽으로 되돌아갔다.

우리는 지날의 엄마가 걱정하는 것이 무엇인지를 알 수 없었고, 설령 지날이 우리에게 그것을 말했다고 하더라도, 아무 일도 아니었을 수도 있었다. 하지만 지날이 우리에게 다가왔던 방식으로, 서 있던 방식으로, 우리는 그것이 아무 일도 아니지 않음을 알았고, 더 이상 그것에 대해 알고 싶지가 않았다.

우리는 아이들이 다 나갈 때까지 머뭇거리다가 자전거를 타고 웨스턴레인까지 먼길을 달렸다.

스포츠 센터 바깥의 트랙은 젖어 있었고, 아무도 달리기 연습을 하고 싶지 않았다. 우리는 다들 지날의 엄마를 생각하고 있었다. 우리는 아빠가 우리가 훈련하는 모습을 지켜보며 벽에 기대고 서 있는 모습과, 지날의 엄마가 좋은 사리를 차려입고 스포츠 센터에 나타나서 찻잔 두 개를 들고 아빠 옆에 서 있는 것을 상상하고 있었다.

우리는 탈의실에서 시간을 끌었다. 이미 내가 알고 있었던 것 같긴 하지만, 화장실에 갔을 때 피가 나고 있었다. 쿠쉬 언니가 설명을 해 주었었기 때문에 당황하지는 않았지만, 피 때문에 속이 울렁거렸다.

쿠쉬 언니가 밖에서 문을 똑똑 두드렸다.

나는 밖으로 나와서 언니에게 생리가 시작되었다고 말했고, 언니는 우리가 비상금으로 갖고 있었던 동전으로 자판기에서 생리대를 샀다.

"모나 언니한테는 얘기하지 마." 내가 말했다.

바깥으로 나간 우리는 침묵 속에서 종아리와 허벅지 스트레칭을 했다. 나는 균형을 잡느라 손으로 벽을 짚었다. 쿠쉬 언니가 나를 쳐다보았다.

"우리, 뛸 필요는 없어." 잠시 뒤 언니가 말했다.

"필요해." 내가 말했다.

모나 언니가 쿠쉬 언니를 보더니, 나를 보았다. 나는 쪼그리고 앉아서 운동화 끈을 묶었다. 내 얼굴은 달아올랐고, 나는 그것이 모나 언니를, 우리가 도서관에 있었을 때 모나 언니가 속삭이고 속삭이던 그때로 가까워지게 만들었다는 것을 확신했다.

셋

한참 진행 중인 경기에서 코트에 있을 때, 어떤 의미에서 우리는 혼자이다. 그래야만 하는 것이다. 우리는 우리만의 탈출구를 찾아야 한다. 상황에 맞게 공을 쳐야 하고, 공을 칠 공간을 충분히 마련해야만 한다. 티존을 지켜야만 한다. 아무도 우리를 도와줄 수가 없다. 아무도 우리 대신 집중해 줄 수도, 질까봐 대신 걱정해 줄 수도 없다. 하지만 가끔은 그 반대가 정말인 것 같다. 코트 위에서는, 전혀 혼자가 아닌 것만 같은 것이다.

**모나 언니는 경기에** 진심인 적이 한번도 없었다. 언니에게는 시큰둥한 데가 있었고, 근육은 긴장되어 있었고, 동작 속에는 편안함이나 리듬에 대한 거부감이 있었다. 쿠쉬 언니는 잘 쳤다. 언니는 잘 움직였다. 하지만 경기를 하다보면 일어나게 마련인 신체적인 위기에서 극복하는 데 오래 걸렸다. 실력이 늘고 있는 것은 나뿐이었다.

두 차례, 모나 언니와 내가 물을 마시는 동안 아빠는 쿠쉬 언니 옆에 앉아 있었다. 우리는 아빠가 언니에게 내가 발전하려면 의미 있는 경쟁이 필요하다고 말하는 것을 들었다. 아빠는 그것을 마치 낯선 사람한테 날씨가 좋기를 기대한다고 말하듯이 말했다.

두 번 다, 쿠쉬 언니는 달아오른 뺨에 머리카락이 붙은 채로 코트를 바라보았다. "저는 최선을 다 하고 있어요." 언니가 말했다.

그러던 어느 월요일에 아빠는 우리의 저녁 연습을 일찍 중단시켰고, 나더러 웨스턴레인에서 혼자서 기다리라고 했다. 아빠는 언니들을 집에다 데려다 주고 나서 시내에서 해야 할 일이 있었다. 아빠는 게드가 위층의 바에서 내려올테니 기다리라고 했다. 아빠는 내가 그 아이랑 경기를 할 거라고 말했다. 아빠는 나중에 나를 데리러 오겠다고 하면서도 서둘러 떠나려는 것 같지는 않았다. 발코니 쪽을 계속 바라보고 있었다. 나는 아빠가 느릿느릿 코트의 단추를 채우는 동안, 이층에서 게드의 엄마가 살짝 음정이 어긋나고 중간중간 끊어진 채로 조용히 흥얼거리는 소리를 들었다.

나는 내가 게드에게 경기를 하자고 해야 하는 것인지, 아빠가 이미 말을 해 둔 것인지 몰랐다. 내가 종이컵에 얼음물을 받고 있었을 때, 게드가 아래층으로 내려왔다.

그는 "안녕"이라고 말하고 나더니 게시판 쪽으로 가서, 누군가 시작해보려고 항상 시도는 했지만 제대로 진행된 적은 없었던 리그 경기를 위한 서명지를 들여다보며 서 있었다. 서명지 옆에는 볼펜 하나가 블루텍 접착제로 고정된 채 거꾸로 매달려 있었다.

자기 어머니를 도와서 바에서 유리잔을 닦는 것과 함께, 이제 게드의 일은 코트를 관리하는 것까지 포함되어 있었는데, 주로 코트를 청결하게 유지하는 것과 정수기 물을 채우는 일이었다. 경우에 따라서는 여름 동안 벽을 새로 페인트칠하는 일일 수도 있었다. 그 일은 게드의 제안이었고, 관리 책임자는 게드의 엄마를 좋아했기 때문에 그 제안을 받아들였다. 그는 게드에게 현금을 지급했다. 나는 돈과 상관없이도 게드가 그 일을 했을 것이라는 생각이 들곤

했다. 모든 것을 깨끗이 치우고 나면, 그는 아주 만족하고 진지해 보였던 것이다. 백팩을 메고 한 손에 라켓을 들고 서명지를 들여다보고 있는 지금의 그도 바로 그렇게 보였다. 만약에 볼펜이 저렇게 거꾸로 매달려 있어서 안 나온다면, 내 백팩에서 연필이라도 꺼내 줘야지, 하고 나는 생각하고 있었다.

"물이 넘치고 있어."

정수기의 물이 컵을 채우고 넘쳐서 바닥과 내 운동화 옆으로 흐르고 있었다. 나는 손잡이에서 엄지를 떼고 뒤로 물러섰다.

마침 게드는 가방에 종이 타월을 갖고 있었다. 그는 라켓을 벤치 위에다 놓고 다가왔다.

"내가 치울게." 내가 말했다.

"괜찮아."

그는 이미 앉아서 정수기 주변으로 물을 쓸어 모으고 있었다.

"시합에 참가하려고 하니?" 내가 물었다.

게드는 정수기 바닥에 마지막 타월을 대어 놓고, 젖은 타월들을 한 손에 모아 쥐고 일어섰다. 나는 게드가 누군가와 함께 운동하는 것을 본 적이 없었는데, 그것이 그에게 상대가 아무도 없어서였는지, 아니면 하고 싶지 않아서였는지는 몰랐다. 게드는 정수기 옆, 쓰레기통의 뚜껑을 열고 타월 뭉치를 던져 넣었다.

"모르겠어." 그가 말했다.

그가 곧 걸어가 버릴 것만 같아서 재빨리 말했다. "경기하고 싶어?" 나는 얼굴이 빨개졌다. "나랑 말이야."

게드는 정수기 꼭대기를 보고 있었다. 그는 어떻게 말해야 할지를 생각하는 중이었다.

"네가 원한다면." 그가 조심스럽게 말했다. "꼭 해야 하는 것은 아니야."

이미 아빠가 이야기를 해 두었던 것이다.

"네 마음대로 해." 내가 말했다.

그는 잠자코 있었다.

"하…할까?" 마침내 그가 말했다.

게드는 크리스마스 방학 동안 말더듬증이 없어졌지만, 아직도 기저에는 남아 있었다. 그것은 그가 언제나 말을 천천히 하게 만들었다. 그리고 게드와 함께 있으면, 불현듯 대화 깊숙이 들어가 있는 것처럼 느껴졌다. 나는 컵 속의 물을 보고 있었다. 게드에게는 그것이 이상한 질문이라는 생각이 들지 않았던 것이다. 그것은 그가 궁금했고, 그래서 물었으며, 나도 대답하고 싶었던 질문이었다. 나는 아빠를, 아빠가 지켜보고 있는 코트에 내가 있는 것을, 내가 아빠를 잊고 뛰어다니며 공을 치고 있을 때의 느낌, 내가 경기를 하고 있지 않을 때의 느낌을 생각하고 있었다. 게드는 내가 생각하고 있는 것을 마치도록 나를 기다리며 서 있었다. 나는 경기 하나가 영원하게 느껴질 수도 있다고 생각했다. 나는 대답했다. "모르겠어."

**코트에서 게드와** 함께 있다 보니, 우리가 무언가를, 우리가 보거나 만질 수 있는 것이 아닌 무언가를 만들고 있다는 느낌이 들었다. 나는 잘 쳤다. 나는 공을 응시하고 있었다. 공이 마치 테니스공만큼이나 커져서, 잘 치지 않을 수가 없었다. 나는 방향을 바꿔서 다리를 뻗고 무릎을 굽혀 런지 자세를 취했고, 발끝과 손끝이 미세하게 찌릿찌릿해졌다. 나는 크게 노력을 들이지 않고 자유롭게 움직였다. 게드 덕분이었다. 그가 딱히 나를 밀어붙이지는 않았지만, 나는 그가 나를 완벽히 알고 있다고 느꼈다. 그는 또한 벽과 빨간색 테두리선과 우리들 뒤의 유리벽과 복도와, 저쪽 어딘가 텅빈 수영장이며 텅빈 바며 멀리 떨어진 운동장을 내려다보는 유리창들에 이르기까지, 스포츠 센터 건물 전체를 잘 알고 있었다. 나는 그 모두를 알고 있는 그의 인식이 내것과 섞여들고 있다는 것을 느꼈다. 그러다가 내가 발리 드롭을 치자, 게드는 멈춰 서서 나를 마치 모르는 사람처럼 쳐다보았고, 그 표정에 나 역시 멈추고 말았다. 우리는 코트 밖 벤치에 앉아 있었다. 내 티셔츠가 젖어서 가슴에 달라붙어 있었고 나는 그것에 잔뜩 신경이 쓰였다. 나는 나랑 게임하는 것이 시시하냐고 그에게 물었다.

"너는 어떻게 생각해?" 그가 물었다.

나는 그가 쥐고 있는 라켓을 보고 있었다.

"시시하지 않은 걸." 그가 말했다.

우리는 오랫동안 앉아 있었다. 우리는 함께 이야기를 나누었다. 나는 게드에게 내가 들었던 동굴에 관한 이야기를 해 주었다. 동굴 벽에 그림들이 있었는데, 그 대부분이 벽에 붙여 그린, 손의 윤곽선이었고, 그 대부분이 왼손이었고, 수백 개의 손이 그려져 있었다. 나는 그 이야기를 부엌에 있는 라디오에서 들었다. 전문가들은 손의 크기로 이것이 열 살짜리 소년들의 손이라고 유추했지만, 그들이 소년들이었는지 소녀들이었는지 어떻게 알지, 하고 나는 생각했다. 게드는 손 그림들이 동시에 만들어졌는지를 궁금해 했다. 아니라면 어떻게? 하고 나는 생각했다. 어쩌면 매 세대마다 한 아이씩 손을 벽에다 대고 있기 위해서 동굴 속 가장 깊은 곳까지 데리고 내려왔을 수도 있었겠다는 생각이 들었다. 우리는 위에서 나는 발자국 소리들과 수영장에서 다이빙을 하는 아이들의 희미한 외침 소리들을 듣고 있는 척했다.

게드가 자기 물건들을 챙기기 시작했다. 그는 벤치에서 일어났다.

"내일 보자." 그가 말했다.

나는 그를 바라보았다. 나는 "안녕."이라고 말했다.

그가 걸어 나가기 시작했다.

그는 엄마를 도우러 위층의 바로 올라가고 있었다. 말을 하려거나, 무슨 소리를 내려고 했던 것은 결코 아니었지만, 내가 일어났을 때 라켓이 벤치에 부딪쳐서 요란한 소리가 났고, "우리 내일 같이 경기할까?"라고 내가 말하는 소리가 들려왔다. 게드가 대답을 하려고 돌아섰을 때, 그는 내가 처음 물었을 때와 같은 표정이었고, 나는 다음날 경기도 아빠가 이미 부탁을 해 놓았다는 것을 알 수 있었지만, 그는 이번에는 단지 "좋아." 하고 대답했다.

제대로 맞은 공은 시간을 멈춘다. 때로는 그것만이 세상에 존재하는 유일한 평화처럼 느껴질 수도 있다.

**게드와 나는** 그해 겨울 동안 세 번 함께 연습했고, 봄에는 거의 매일 함께 연습했다. 그 몇 달 동안 내 생각은 아주 명확해졌다. 나는 아침마다 일찍 일어났는데, 그것은 더이상 혼자 있고 싶어서가 아니었으며, 나는 밤새도록 하루가 시작되기를 잔뜩 기다렸다.

바깥에서 나무들이 하얗게 꽃을 피우고 있었던 어느날, 웨스턴 레인의 코트 안에서는 복스홀 남자팀이 연습을 하고 있었고, 문이란 문은 다 열려 있었는데, 나는 게드 곁에서 전혀 미동도 없이 가만히 서 있었고, 그 역시 가만히 서 있었다. 아마도 그것은 단 한번 일어난 일이었지만, 나는 우리가 이렇게 서 있는 것이 마치 내 어린 시절 내내 이따금씩 일어났던 일인 것처럼 기억했다. 나는 엄마 생각을 멈추었다. 세상은 커다랗고, 내가 곧 알게 될 어떤 비밀로 빛나고 있는 것처럼 느껴졌다.

어느 일요일, 게드와 나는 준비 운동을 하고 있었고, 아빠는 우리를 지켜보고 있었다. 바깥 문이 열리더니, 아빠 나이쯤의 파키스탄인 남성 두 명이 하얀 티셔츠에 하얀 반바지 차림으로 들어왔다.

나는 그들을 보고 바로 알아보았다. 그들은 친절하며, 정기적으로 오는 사람들이었고, 아빠는 그들과 친해졌다. 한 사람은 던롭 로고가 인쇄된 커다란 운동 가방을 들고 있었다. 하얀 라켓의 손잡이가 가방 밖으로 삐죽 튀어나와 있었다.

이 아저씨의 이름은 '막서드'이다. 막서드 아저씨가 처음 웨스턴레인에 왔을 때, 그와 아빠는 서로를 경계했다. 먼저 다가온 것은 막서드 아저씨였다. 바에서 막서드 아저씨가 아빠에게 술을 샀고, 아빠는 조금 이야기를 나누고 난 뒤, 그 술을 받아들였다. 아무것도 아닌 것 같았지만, 어쨌든 이 아무것도 아닌 속에서, 아빠는 막서드 아저씨에게 우리가 (아빠는 손으로 그와 우리들을 의미한다는 것을 표시했다) 자이나 교도임을 언질했다. 집으로 돌아와서 모나 언니는 그것을 두고 다투려고 들었다. "만일 우리가 모두 형제들이라면, 우리가 자이나 교도인 것이 무슨 상관이에요?" 언니가 물었다. "상관 있지." 아빠는 이렇게 말하고는 하던 서류 처리를 계속했다.

방금, 막서드 아저씨는 친구가 옆 코트로 들어가자, 아빠에게 인사를 했다. 게드와 나는 발리 샷을 연습하고 있었다.

"저 아이가 막내인가요?" 막서드 아저씨가 아빠에게 묻는 말이 우리에게도 들렸다. 그는 친절하면서도 중후한 목소리를 가지고 있었다.

게드와 나는 준비 운동을 마치고 나서 경기를 시작했고, 막서드 아저씨가 우리를 지켜보고 있다는 것을 의식하고 있었다. 우리는 경기를 빠르게 진행했고 공을 제대로 처리했다. 내가 한쪽 코너에서 공을 찾아오고 있었을 때 막서드 아저씨가 나를 부르며 손짓을 했고, 나는 뒷벽 쪽으로 다가가면서 주운 공을 떨어뜨리고 라켓으로 쳐서 게드에게로 보냈다.

"겨울에 토너먼트가 하나 있어." 아저씨가 말했다. 유리벽을 통한 아저씨의 목소리는 낮고 조심스러웠지만, 어쨌든 게드도 포함하고 있다는 것으로 들렸다. "더럼&클리블랜드야. 등록해야 해. 너희들 둘 다 말이야."

우리는 에딘버러에 갈 때마다 더럼을 지나갔었다. 꽤 먼 곳이었다. 그곳에는 밤이면 늘 오렌지빛 불을 밝혀 놓는 성이 하나 있었다. 나는 막서드 아저씨가 좀 더 설명을 했으면 싶었다. 아저씨의 목소리는 딱딱한 동시에 부드러워서 무슨 최면술 같았다. 아빠는 노트를 들여다보려고 벤치로 갔고, 이제 아저씨는 나한테만 이야기하고 있었다.

"네 아빠가 너한테 거는 기대가 크단다." 아저씨가 말했다. "코트 안에서는 네가 여느 소년만큼이나 터프해서이지. 알고 있었니?"

나는 라켓을 내려다보았고, 떨리는 손으로 라켓 줄을 고쳤다. 나는 게드의 라켓이 벽을 두드리는 소리를 들었고, 그가 바로 내 앞의 무언가를 두드리고 있는 것만 같이 느껴져서 깜짝 놀랐다. 나는 게드와 아빠와 이 아저씨가 아주 가깝게 느껴졌다. 막서드 아저씨는 내가 말하기를 기다리고 있었다. 나는 손가락을 가만히 유지하려고 노력하면서 내 라켓 위로 손을 쓸어내렸다.

"그저 아무런 소년이 아니죠."라고 내가 말하는 소리가 들려왔다.

잠시 조용했다가 막서드 아저씨가 웃기 시작했다. 나도, 아빠도, 아저씨를 쳐다보았다. 나는 아저씨가 놀라면서도 흐뭇해 한다는 것을 알 수 있었다.

"더럼&클리블랜드야." 막서드 아저씨는 이 말을 하고 나서 옆 코트의 친구에게로 갔다.

그날부터 게드와 나는 우리가 훈련을 하고 있을 때마다 막서드 아저씨의 음성에 귀를 기울였다. '더럼&클리블랜드'라는 단어가 우리에게 의미있게 다가오기 시작했다. 우리는 눈에 덮인 어두운 풍경을, 겨울 햇빛에 반짝거리는 유리 코트를 상상했다. 혹은, 우리는 완전히 평범한, 잿빛 콘크리트 건물을 상상했다.

"더럼&클리블랜드." 우리 중 하나가 불쑥 이 말을 하고 나서, 둘이서 함께 한동안 앉아 있곤 했다.

**나는 아침마다** 조금씩 조금씩 더 일찍 일어났다. 주말과 휴일에는, 창 밖으로 하늘이 아직 캄캄할 때, 식탁에 빵 여덟 조각을 올려놓고 샌드위치를 만들어서 도시락 가방에 챙겨 넣었다. 그리고는 어둠 속을 달려 웨스턴레인으로 향했다. 내 자전거에 자물쇠를 채울 무렵이면 하늘은 밝아져 있었지만, 잔디나 나무는 아직 아무런 색도 없었다. 나는 스포츠 센터가 문을 열 때까지 바깥의 달리기 트랙에서 시간을 재면서 달리기를 했고, 안으로 들어가 코트 중 하나에서 연습을 했다. 오전 일곱 시 반 전에는 코트를 사용할 수가 없었기 때문에 너무 일찍 갔을 때는 벤치에 앉아서 기다렸다. 어느날 아침 관리 책임자가 복도에서 내가 연습하는 것을 지켜보고 서 있었는데, 나중에 나를 만나서는, 코트만 비어 있다면 어느 시간이든 상관없이 쓰라고 말했다.

아빠와 막서드 아저씨가 더럼&클리블랜드에 대해서 이야기를 나누고 나서였다. 아빠는 게드의 엄마가 게드가 출전하는 것을 허락했다고 말했다. 아빠는 나에게 토너먼트가 좋긴 하겠지만 비용이 든다는 것과, 가는 길에 들 연료비를 분담해야 하고, 만일 우리 중 하나가 첫날을 통과하게 되면 숙박비를 분담해야 한다고 말했다. 나는, 아빠가 내가 갈 수 있다는 것인지, 못 간다는 것인지 알 수가 없었다.

"우리한테 그럴 만한 돈이 없나요?" 내가 물었다.

"그렇게 많이 들지는 않아." 아빠가 대답했다.

나는 운전대를 돌리는 아빠의 손을 보고 있었다. 아빠는 내가 말하기를 기다리고 있다고, 느꼈다.

아빠는 나를 힐끗 보더니, 다시 도로를 향했다.

"네가 결정하렴." 아빠가 말했다.

나는 아빠의 표정을 읽으려고 노력했다.

"가고 싶어요." 내가 말했다.

아빠가 미소를 지었다. "나도 그렇게 생각했단다." 아빠가 말했다.

혼자서 웨스턴레인에 있을 때면 가끔씩은 코트 뒤로 보내는 드라이브만 계속 연습했다. 나는 내가 하고 있는 모든 것에 만족했다. 나의 포핸드는 이미 강력했기에 백핸드에 중점을 두었다. 처음에는 공과 거리를 유지하는 것에 집중해야 했지만, 며칠만에 생각할 필요도 없이 잘 치고 있었다. 나는 그제야 머뭇거렸다. 나는 내가 혼자서 배운 것을 얼마나 오래 유지할 수 있을지도 몰랐고, 내가 뭔가 유용한 것을 배운 것인지 아닌지도 몰랐다.

아빠는 가끔씩 오전 늦게 와서 종일 머물렀다. 일거리가 있으면, 나에게 연습을 시켜 놓고 나갔다가 시간이 날 때 다시 돌아왔다. 아빠는 발코니에 자주 올라갔고, 게드의 엄마가 인사를 하려고 바에서 나올 때면 두 사람이 함께 이야기를 나누는 소리가 들려왔다.

아빠는 노트에 게드를 위한 칸을 만들었다. 게드와 내가 저녁 연습을 할 때면, 아빠가 우리를 지도했다. 아빠는 우리가 경기를 할 때 종종 우리를 지켜봤다. 가끔씩 아빠와 게드의 엄마는 주차장으로 나가는 이중문 밖의 보안등 아래에서 담배 하나를 나눠 피웠다. 우리는 그들이 나갔을 때도 경기를 계속했다. 만일 내 시선이 문에 머물러 있으면, 게드는 멈추고 나를 바라보았다. "준비 됐어?" 그는 마치 나를 어딘가 다른 곳에서 데려오기라도 하는 듯이 조용히 물었고, 우리는 경기를 계속 이어갔다.

넷

호주 출신의 제프 헌트는 그가 스쿼시 코트에서 상대해야 했던 파키스탄 선수들이 자신을 집단적으로 사냥*했다고 확신했다. 토너먼트 시합 기간 동안, 이들 선수들은 경기에서 우승할 방법이 아니라 헌트를 이길 방법을 놓고 함께 모여서 토론했다. 헌트만 이기고 나면 이들 중 누구 하나는 트로피를 안고 집으로 돌아갈 수 있었기 때문이었다.

나는, 히디 자한, 고기 알라우딘, 카마르 자만, 모히불라 칸이 모두 겨울 코트 차림으로 커튼이 드리워진 호텔 방에서 테이블 하나를 둘러싸고 서서, 밤 늦게까지 이 한 선수에 대한 각자의 전술을 엄숙하면서도 격렬하게 토론하고 있는 것을 상상해 보곤 했다. 나는 장작이 타들어 가면서 호텔 방 벽에 길게 그림자를 드리우는 벽난로와, 토론이 계속되는 동안 타오르는 불꽃과 점점 깊이 잠겨 가는 선수들의 목소리를 상상했다.

막서드 아저씨가 우리의 삶 속으로 들어온 뒤부터, 아저씨, 아빠, 게드, 나, 이렇게 우리는 코트에 서서 더럼에서의 토너먼트를 위한 훈련 계획을 검토했고, 나는 그들의 겨울 회의를 떠올렸다. 아빠는 양복 차림이었고, 막서드 아저씨와 게드와 나는 운동복 차림으로 가방을 발 아래 내려놓고 라켓을 들고 서 있었다. 우리는 우리의 장단점과 우리가 이를 어떻게 이용하고 또 극복할지를 토론했다. 나는 코트에서 어떻게 움직여야 할지를 알고 있었고, 종종 아름답고 공격적인 샷을 구사했지만, 일관성을 유지하지 못했다. 게드에게는 코트 감각이 있었다. 그는 자신이 어디 있는지와 상대 선수가 어디 있는지를 알고 있었고, 공을 어디에 때려야 할지도 알고 있었다. 이처럼 그는 공격형 선수였지만, 스스로 모든 준비를 끝내고 이기려고 최선을 다하다가도, 때로는 그의 마음이 길을 잃어버렸다. 아빠와 막서드 아저씨는 회의 중에 게드와 내가 이야기하는 것도 그들이 서로서로 이야기할 때만큼 주의깊게 귀기울였다. 가끔씩은 막서드 아저씨가 이야기를 들려주기도 했다. 아저씨가 좋아했던 선수 중 하나는 '고기 알라우딘'이었다. 고기는 가난한 집안 출신이었다. 그가 어렸을 때 두 명의 사업가가 그의 경기를 보고 나서, 라켓과 우유 비용을 대서 그를 도와주었다. 그는 의욕으로 불타올랐다. 그가 살았던 라호레에는 선수들이 많지 않았는데, 그는 자신을 밀어붙이려고 두 선수를 동시에 상대하기도 했다. 고기 알라우딘은 한번도 일등을 한 적은 없었지만 위대한 선수였지, 라고 막서드 아저씨는 말했다.

모나 언니와 쿠쉬 언니가 나를 자세히 관찰하기 시작했다. 언니들은 웨스턴레인에서 무언가가 일어나고 있다는 것을 알고 있었고, 자신들이 그 일부가 아니라는 것도 알고 있었다. 나는 모나 언니가 이에 대한 생각을 내게 표현할 것이라고 생각했고, 언니는 내 예상을 벗어나지 않았다. 언니는 내가 게드와 경기를 하도록 아빠가 허락하신 것은 스포츠 센터 안에서 무슨 일이 일어나고 있는지를 아무도 모를 것이기 때문이라고 말했다. 언니의 말은 우리 친척들 중 그 누구도, 구자라트어 학교의 그 누구도, 아빠가 방문했던 그 누구도 모른다는 것을 의미했다.

아무도 백인 남자 아이와 내가 운동을 같이 한다는 것을 모를 거라고 언니는 말했다. 아무도 우리가 땀을 흘리며, 공 자국으로 얼룩덜룩한, 같은 벽에다 번갈아가며 손바닥을 닦으며, 서로서로를 간신히 비껴 다니는 줄을 모를 거라고 했다.

"아빠는 허락을 하신 게 아니야." 내가 말했다. "기획을 하신 거지. 그리고 발라 아저씨한테는 말씀하셨어."

우리 셋은 집 뒤의 요새에 함께 있었다. 테니스 라켓은 있었지만 공을 잃어버려서, 뭘 하고 놀지를 결정할 때까지 우리는 그냥 앉아 있었다.

"아빠는 발라 아저씨한테 말씀하지 않으셨어." 모나 언니가 말했다.

언니는 라켓의 가장자리를 시멘트 땅에 튕겨대고 있었다.

"발라 아저씨는 예외야." 한참 뒤 언니가 덧붙였다.

나는 쿠쉬 언니를 바라보았다.

"아빠는 가끔씩 게드 엄마하고 얘기를 나누셔." 내가 말했다.

모나 언니에게 한 말은 아니었지만, 언니는 일어나더니 요새 밖으로 걸어 나갔다. 쿠쉬 언니와 나는 언니를 잠시 바라보다가, 외투와 라켓을 챙겨들고 언니를 따라갔다.

"아니야." 우리가 모나 언니를 따라잡자 언니가 말했다.

"그렇다니까."

이미 언니들도 아빠가 밖에서 게드 엄마랑 담배를 피운다는 것을 알고 있었고, 나는 그것을 언급하는 것은 꺼렸는데, 왜냐하면 그것은 사생활의 영역이기 때문이었다. 그것은 우리와는 상관없는 일이었다.

모나 언니가 란잔 숙모에 대해서 뭐라고 중얼거렸다.

구자라트어 교실의 그 소녀, 지날이 마침내 자기 엄마의 메시지를 전하러 왔다. 지날의 엄마가 우리 모두를 저녁 식사에 초대했던 것이다. 지날이 우리를 초대하고 싶지 않았던 만큼이나, 우리 역시 초대받고 싶지 않았다. 모나 언니는 지날에게는 아빠와 확인해 봐야 한다고 했지만, 아빠에게 그 초대에 대해 이야기하면서는, "우리가 이미 못 간다고 얘기했어요."라고 말했다. 아빠는 고맙다고 했냐고 물었고, 모나 언니는 그랬다고 대답했고, 아빠에게는 그것으로 충분했다. 란잔 숙모는 지날 엄마의 친구였던 지날의 카탁 선생님에게서 이 초대에 대해 전해 들었다. 숙모는 아빠에게 전화를 걸었지만, 아빠는 집에 없었고, 숙모는 모나 언니에게 어떻게 된 일이냐고 물었다. "아무 일도 없어요, 숙모." 언니가 대답했다. "아빠가 우리는 못 간다고 말씀하셨어요." 숙모는 이 말에 안심했던 것 같았다. 파반 삼촌을 바꿔 주었던 것이다. 우리는 이제 모두, 아빠가 게드 엄마랑 담배를 나눠 피우는 것에 대해 숙모가 뭐라고 말할지가 궁금했다.

"아무 일도 아니에요." 모나 언니가 말했다. "그냥 이야기를 나누시는 거예요."

그렇지만 아빠가 게드 엄마에게 이야기하는 방식에는 무언가가 있었다. 아빠는 게드 엄마에게 이런저런 생각들을 말했고, 게드 엄마는 어떻게 생각하느냐고 물었다. 우리는 아빠가 엄마나, 숙모들이나, 우리가 알았던 그 어떤 여성과도 이렇게 이야기하는 것을 들어본 적이 없었다.

**그해 여름이 시작될** 무렵, 우리가 기억했던 그 어느 때보다도 맑고 푸른 하늘이 펼쳐졌다. 웨스턴레인에서 아빠가 게드 엄마와 담배를 피우고 들어오면서, 모래와 소금기를 복도에 묻히더라도 우리는 놀라지 않게 되었다. 게드 엄마는 노란 샌달을 신고 있었고, 분홍색으로 발톱을 칠하고 있었다. 그녀는 상냥했다. 항상 인사를 했고, 이전에 나누었던 대화를 기억하고 있었다. 이럴 때면 언니들이 없는 편이 나았다. 언니들이 있을 때는 모나 언니의 불만이 모든 것을 뒤덮었기 때문이다.

모나 언니는 아빠에게 게드 엄마에 대한 이야기를 할 수가 없었기 때문에 담배에 대해서 이야기했고, 그리고 직접 거론하지는 않았지만 돈에 대해서 이야기하고 있었다. 아빠는 카멜 담배를 피웠고, 한 번에 한 갑씩 샀다.

"그게 지금 몇 갑째인지 아세요, 아빠?"라고 언니는 묻는다.

아빠는 서류에서 고개를 들고는 "네가 말해 주렴." 하고 대답한다.

일주일에 네 갑째라는 주장을 할 준비가 되어 있었던 모나 언니는 화제를 바꾼다. 그해 여름, 이런 대화가 우리집 부엌에서는 매일같이 일어났다.

모나 언니는 일주일치 식단을 철저하게 계획했지만, 아빠가 사람들에게 너무 바쁘다고 하거나, 그냥 가지 않은 채 약속을 어기는 것으로 일을 줄였기 때문에 항상 남는 돈이 없었다. 우리가 배를 주렸던 것은 아니지만, 우리가 먹는 음식으로는 코트에서의 나를 유지시키기에 불충분했다. 달리기를 하다보면 속이 메스꺼워졌다. 근육도 쉽게 지쳤다.

하루는 오른쪽 발목을 삔 채로 운동을 계속했다. 아빠는 이튿날 아침까지 몰랐는데, 그것은 처음 통증을 느끼고 나서도 나는 경기를 계속했고, 아빠는 담배를 피우러 나갔기 때문이었다. 게드는 눈치를 챘다. 내가 말을 하지 않았기 때문에, 그도 아무 말을 하지는 않았지만, 내가 백핸드 쪽에서 뛰거나 힘껏 발을 딛지 않도록 공을 내 라켓에 맞춰 주며 경기를 이어갔다. 그는 서브를 넣으면서 시간을 오래 끌었고, 경기 중간 중간에 자기 라켓의 줄을 조정했다. 그가 내가 어디 있는지를 확인하던 것이며, 공을 가볍게 치던 것이며, 이 모든 것이 내 머리를 어질어질하게 만들었다.

집에서는 모두가 잠을 잘 때 아래층으로 내려와서 강황 반죽을

개어서 약한 발목 위에다 펴 발랐다. 그 위에 낡은 양말을 신었다. 아침에 욕실에서 반죽을 떼어냈다. 양말 속은 온통 노랬고, 내 발에서 떨어져 나와 가루 상태로 굳은 강황 덩어리로 가득했다. 많이 붓지는 않았지만 그쪽 발에다 체중을 실을 때면 아팠고, 조금 절뚝거렸다. 아빠는 내가 절뚝거리는 것을 보고, 나를 의자에 앉혀 놓고 발을 올리게 한 뒤 냉찜질을 위해 냉동고에서 냉동 완두콩을 가져다가 발에다 올려놓았다. 아빠가 뜨거운 물주머니를 만들었다. 그러고 나서 아빠는 나와 함께 앉아서, 내가 아빠한테 알렸어야 했다고 말했다. 이십 분이 지난 후, 아빠는 완두콩을 냉장고에 도로 넣었고, 우리는 콩이 다시 얼 때까지 기다렸다. 모나 언니는 얼었다 녹았다를 반복했기 때문에, 이제 그 콩을 못 먹는다고 말했다. 언니는 우리가 실수로 그 콩을 먹는 일이 없도록 흰 스티커에 '발'이라고 써서 완두콩 포장에 붙였다. 며칠이 지난 뒤 나는 코트로 되돌아갔다.

그 다음에 발목을 다쳤을 때에는 통증이 처음부터 심했고, 회복되는 데 시간이 더 오래 걸렸다. 그것은 아빠와 내가 코트에 들어온 지 한 시간 정도 지났을 때 일어난 일이었다. 나는 몸이 무겁다고 느끼고 있었고, 공을 보지 않고 있었다. 아빠는 내가 지쳤다는 것은 알지만, 때로는 피곤함 속에서도 운동을 해야만 한다고 말했다. 아빠는 공에 시선을 유지하라고 말했다. 하지만 나는 그럴 수가 없었다. 나는 날카롭게 방향을 바꾸며, 모든 공을 받아 내려고 뛰어다녀야 했지만, 결국 발목에 탈이 나고 말았다. 머릿속이 온통 얼어붙는 듯한 통증이 느껴졌다. 모든 것이 캄캄해지더니, 내가 바닥에 쓰러져 있었다. 나는 아직도 걸을 수 있다고 생각했지만, 코트에서 나오는 나를 아빠가 도와준 것은 기억난다. 아빠는 흰 바지에 흰 티셔츠의 운동복 차림이었는데, 나는 내가 아빠를 실망시켰구나 싶던 것도, 아빠가 정말 잘 생겼다고 생각하던 것도, 아빠 팔에 무겁게 몸을 기대고 있던 것도 기억한다.

아빠는 진통제를 주고 나서, 이번에는 아빠가 직접 강황 반죽을 만들었다. 아빠는 내 발목에 붕대를 감은 뒤, 냉찜질을 하며 쉬라고 했다. 모나 언니는 개수대 앞에 팔짱을 낀 채로 서서 우리를 바라보고 있었고, 저녁에 아빠가 샤워를 하러 이층에 올라가자, 플라스틱 대야에 따뜻한 물을 담아 와서 내 앞에 놓았다. 물이 조금 엎질러져서 붕대가 젖었다.

"아빠가 해 주실 거야." 내가 말했다.

"아빠는 피곤하셔." 언니가 말했다.

언니는 내 발에서 강황을 씻어 내고, 반죽을 새로 만들어서 부은 자리에 꼭 맞게 잘 붙였다. 언니는 정말 조심스러웠다. 언니가 집중하고 있는 표정은 엄마가 밀가루를 채 칠 때나 상처를 소독할 때 짓던 그 표정이었다. 나는 고맙다고 말했고, 언니는 고개를 끄덕였다. 언니의 시선이 내 뒤에 있는 문 유리에 비친 자신의 모습을 향해 깜빡거렸다.

아빠가 내려왔다. 아빠는 모나 언니가 해 놓은 것을 보고 언니를 잠깐 보더니 편지를 쓰려고 식탁에 앉았다.

어떨 때는 다리를 올려놓아도 아팠지만 그저 둔한 통증이었고, 발을 이리저리 움직이다보면 통증이 안 느껴지게 만들 수가 있었다. 학교는 붓기가 내려가고 운동화를 신을 수 있을 때까지 결석했었다. 나는 걸을 수 있다고 말했지만, 아빠는 우리를 차로 데려다주었다. 아빠는 종종 일하러 나갔고, 언니들과 나는 학교에 갔고, 아무도 스포츠 센터에는 가지 않았다.

삼 주일이 지난 뒤, 나는 웨스턴레인을 꿈꾸기 시작했다. 하얀 벽과 밖에서 활짝 핀 꽃들이 보였다. 한밤중에 침대를 빠져나와서, 커튼 사이로 빛이 새어 들어오던 창문 쪽으로 다가갔다. 나는 라켓을 손에 쥐고 등을 라디에이터에 기댄 채로 바닥에 앉아 있었다. 이제는 라디에이터를 꺼 놓아서 조용했다. 나는 서투른 솜씨로 라켓 그립을 감았다가 풀고 나서 다시 감았다. 어떨 때는 희미한 어둠 속에서 한 발로 서서 몸을 굽혔다가 조심스럽게 다시 펴면서 연습을 했다. 나는 모나 언니가 침대로 돌아가라고 말하는 것을 무시했고, 나중에는 언니가 그냥 옆으로 누운 채로 나를 지켜봤다.

웨스턴레인을 떠나 있었던 그 몇 주 동안, 아빠는 일찍 잠자리에 들었고, 우리가 학교에 가고 나서도 침실에서 나오지 않았고, 매일 피곤해 했다. 우리가 아는 한 아빠는 여전히 일을 하고 있었지만, 집에서의 모든 일은 모나 언니가 관리하게 맡겨 놓고 있었다.

아빠가 직접 했던 유일한 일은 나의 토너먼트 참가비를 위한 수표를 썼던 것뿐이었지만, 그마저도 모나 언니에게 주소를 써서 붙이게 했다.

모나 언니는 화장대 거울 앞에 오래도록 앉아 있었다. 언니는 차분한 표정을 짓게 되었고, 그것은 언니를 나이들어 보이게 만들었다. 우리가 마침내 웨스턴레인에 돌아가자, 언니는 아빠와 우리들과의 새로운 관계를 구축하겠다고 결심을 한 것 같았다. 언니는 집안에서의 모든 일을 관장하기 시작했다. 그러나 언니는 아빠의 생각을 물었고, 아빠의 의견을 따랐다. 언니는 내게 달과 밥을 더 주고, 자신의 것을 줄였다. 언니는 내게는 훈련 후 젖은 옷을 갈아입었냐고 물었고, 쿠쉬 언니에게는 숙제를 했냐고 물었다. 언니는 우리에게 관심을 기울였고, 친절하기까지 했다. 때때로 우리는 언니에게서 피로감과 자신이 아닌 무언가가 된다는 것에서 오는 육체적 중압감을 느낄 수가 있었다.

**막서드 아저씨의 조카가** 왔을 때, 우리는 모두 함께 웨스턴레인에 있었다. '샨'은 열여섯 살이었다. 그는 잘 생긴 소년이었다. 막서드 아저씨는 오후에 조카가 올 것이라고, 그가 할머니 할아버지와 함께 코벤트리에서 살고 있다고, 그리고 그도 나와 게드와 함께 일월 토너먼트 시합에 참가할 거라고, 우리에게 말했다. 우리가 연습을 하고 있었을 때, 샨은 막서드 아저씨와 복도에 서서 다른 쪽 코트에서 진행 중이던 경기에 대해서 이야기를 나누고 있었다. 우리는 막서드 아저씨가 샨의 이야기에 아주 관심을 기울인다는 것을 알 수 있었다.

샨이 우리 코트를 지켜보고 있다는 것을 내가 눈치챘던 것은 우리가 이십 분째 경기를 하고 있을 무렵이었다. 모나 언니 역시 이를 눈치채고 있었다. 언니는 갑자기 다른 선수같이 보였다. 라켓을 높이 들고 스윙 동작을 취하고 있었다. 언니는 꽤 잘 쳤다. 나는 언니가 화가 났다고 생각했지만 곧 무언가 다른 것이라는 생각이 들었다. 나는 언니를 관찰했고, 언니의 변화에 놀랐는데, 언니는 연습을 하다 말고 별안간 돌아서서 라켓을 든 팔을 내리더니 코트의 뒷벽으로 걸어갔고, 조용히 문을 열고 밖으로 나갔다. 언니는 아빠 옆에 서서 낮은 목소리로 아빠에게 말을 했다. 쿠쉬 언니와 내가 스윙을 휘두르며 언니를 보았을 때, 언니는 우리 뒤의 벽을 보고 있었고, 경쾌한 손동작으로 자신의 머리를 다시 묶었다. 언니의 눈빛은 밝았고, 얼굴은 상기되어 있었다.

집으로 돌아오는 길 내내 언니는 더럼&클리블랜드에 대해 이야기했다.

다음날도, 그 다음날도 언니는 계속했다. 토너먼트는 몇 달 뒤였지만, 어떻게 갈지를 거듭거듭 의논하는 것은 곧 우리의 습관이 되었다. 아빠와 게드와 나는 막서드 아저씨와 함께 차를 타고 올라가다가, 도중에 아저씨의 조카를 픽업할 계획이었다. 우리 중 누구라도 다음날까지 경기를 치르게 된다면, 우리는 뉴캐슬에서 음식점을 운영하는 막서드 아저씨의 사촌 집에서 하룻밤을 지낼 계획이었다. 그렇게 하면 호텔비를 들일 필요가 없었다. 모나 언니는 우리가 필요로 할 음식에 대해서, 막서드 아저씨의 사촌이 우리에게 음식을 줄 것인지, 우리가 이틀치 음식을 싸 가야 하는지에 대해서 이야기했다.

웨스턴레인에서, 모나 언니는 연습도 조금은 했지만, 그보다는 자주 막서드 아저씨를 찾으러 다녔다. 아저씨와의 대화를 하고 났던 언젠가, 언니는 쿠쉬 언니와 자기도 더럼&클리블랜드에 가겠다고 말했다. 언니들은 경기를 치르지 않을 계획이었다. 나를 지원해 주려고 오는 것이었다. 언니는 막서드 아저씨가 그것을 좋은 생각이라고 했다고 말했다. 아빠는 좋다고 말하고는 라디오의 볼륨을 높였다.

모나 언니는 아빠를 유심히 관찰했고, 아빠가 이미 알고 있었다는 것을, 어쩌면 그것은 아빠의 아이디어였을지도 모른다고 서서히 느끼기 시작했다.

언니는 개수대로 갔다. 언니는 뜨거운 김이 나올 때까지 온수를 틀어 두었다가 설거지를 시작했다. 그러다가 갑자기 설거지를 멈추고 돌아서서 말했다. "제가 일자리를 얻었어요."

아빠는 라디오를 껐다.

언니는 정성껏 손을 닦고, 아빠의 맞은편에 앉아서 리그레이브 거리의 미장원에서 일손을 돕기 시작할 것이라고 말했다. 머리를 감기고, 바닥을 쓸고, 창을 닦는 등 해야 할 무엇이든 한다는 것이었다. 아빠의 시선 아래에서 언니는 시선을 떨군 채로, 자신을 바쁘게 만들 만한 일이 필요하다고 말했다. 언니는 얼마를 벌지에 대해서나 돈에 관해서는 아무 말도 하지 않았다. 잠시 침묵이 흘렀고, 아빠는 미장원의 매니저와 이야기를 하겠다고 했다. 언니는 아빠를 호기심 어린 시선으로 바라보았다. 언니가 이유를 묻자, 아빠는 언니가 누구와 일하게 될지를 알고 싶다고 했다. 이 말의 무언가가 언니 마음에 들었다고 나는 생각한다. 언니는 아빠가 꼭 전화를 해야겠다면, 다음날 하겠다고, 언니를 무안하게 할 말은 결코 하지 않겠다고, 약속하게 만들었다. 아빠는 이 약속을 지켰고, 만족했던 것 같다. 왜냐하면 모나 언니는 그날부터 매주 목요일 저녁과 토요일 아침마다 쿠쉬 언니에게 집안일의 목록을 적어 놓고 일을 하러 갔기 때문이다.

    몇 번인가는 직원 두 사람이 계속 아팠던 바람에 언니가 계산대를 맡아야 했다. 언니는 매니저에게 그의 수입에 대해 이야기했다. 매니저는 언니가 정직하고 돈에 대해 영민하다는 점을 알고 언니에게 장부 정리를 맡겼고, 삼층의 애완동물 상점과 길 건너의 원예용품점에도 언니를 소개했다. 오래지 않아 언니는 이들 가게의 서류를 집으로 가져왔고, 밤에 그 일을 했다.

    어느날 밤, 언니는 아빠에게 내 훈련에 대한 이야기를 하려고 시도했다.

"어디서 읽었는데, 시합에 너무 임박해서 역기를 들어서는 안 된대요." 언니가 말했다. 언니가 두통에 시달리고 기분이 오락가락하던 그런 주들 가운데 한 주였다. 아빠는 언니를 가만히 바라봤는데, 왜냐하면 내가 역기를 전혀 들지 않고 있었기 때문이었다.

언니는 아빠를 다시 보고 나서, 내게 새 라켓을 하나 사 줘야 할지도 모르겠다는 말을 지나치듯 대수롭지 않게 말했다.

나는 언니를 보았고, 내 앞의 찻잔을 보았다. 아빠는 달과 밥을 함께 버무리고 있었다. 아빠가 나를 바라보았다.

"그게 네가 원하는 거니?" 아빠가 물었다.

나는 내 찻잔을 보면서, 막서드 아저씨의, 커다란 눈물 모양의 헤드가 달린, 하얀 던롭 라켓을 생각했다. 아빠가 숟가락 가득 밥을 들어 올리고 있을 때, 내가 "네." 하는 소리가 들려왔다.

나는 숨을 죽인 채 있었다. 모나 언니가 아빠에게 무슨 말을 하라고 부축이는 듯 조그만 소리를 냈다.

"그렇군." 아빠가 말했다.

모나 언니는 잠자코 기다렸지만, 아빠는 더 이상 아무 말이 없었다.

언니는 자신의 수당으로 라켓 값을 내겠다고 말했다.

"빨리 사야만 해요." 언니가 말했다. "토너먼트 전에 익숙해져야만 해요."

아빠는 식사를 마치고, 접시를 개수대에 가져다 놓고 나서 거실로 갔다.

모나 언니가 아빠를 쫓던 시선으로 나를 보았다.

"정말 라켓을 갖고 싶어요." 내가 말했다.

그해 겨울 동안, 아빠와 나는 복스홀 남자팀이 쓰던 라켓에 대해서 오래도록 토론을 했었다. 대부분이 알루미늄이나 파이버 글라스로 만들어졌지만 그중 몇몇은 나무 재질이었다. 우리는 각각의 장단점에 대해 토론했고, 아빠는 노트를 덮고 나서, 자한기르 칸도 우리와 같은 나무 라켓을 썼다고 말했다. 하지만 막서드 아저씨가 우리에게 처음으로 말을 걸어왔던 그날부터 나는 아저씨와 같은 던롭을 꿈꾸어 왔다. '윈넥*' 그것이 우리가 그 눈물방울 모양의 라켓을 부르는 이름이었다.

언니들과 나는 기차를 타고 런던으로 갔다.

아빠는 자신의 기차표보다는 라켓에 돈을 쓰는 편이 좋겠다고 말했다. 아빠는 우리를 역에 내려 주었고 일하러 간다고 말했다.

아빠는 내가 어떤 라켓을 사야 할지에 대해 미리 아무 말도 하지 않았고, 나도 아빠한테 물어보지 않았다. 나는 막서드 아저씨한테 물어보았다. 아저씨는 내가 라켓을 손에 쥐면 바로 알 거라고 말했다.

모나 언니에게 어디로 가야 할지를 말해준 사람은 아저씨였다. 가게는 보도 위에 쓰레기 봉투가 쌓여 있던 골목길에 있었다. 밝은

평범하게 보였다. 그러나 안은 내가 한번도 본 적이 없는 멋진 가게였다. 환하게 불이 켜져 있었고, 벽마다 라켓으로 가득했다. 대부분이 테니스 라켓이었지만, 벽 하나가 온통 스쿼시 라켓으로만 차 있었다. 스쿼시 라켓만 해도 천 개쯤 될 듯했다.

모나 언니는 가게 매니저에게 얼마 정도의 가격을 치를 수 있는지를 설명했고, 그는 잠시 동안 고민을 했다. 그러고 나서 그가 다섯 개의 라켓을 가져왔는데, 그중 나무로 만든 것은 하나도 없었다. 만일 내가 나무 라켓을 하나 가져다 달라고 했으면 가져왔을텐데, 하고 나는 생각했다. 나는 그가 골라 준 라켓들을 하나씩 들어 보았다.

"스윙을 해 봐도 된단다." 매니저가 말했다. "원한다면 밖으로 나가도 돼. 벽에다 공을 쳐 봐."

"괜찮아요." 내가 말했다.

하나가 마음에 들었다.

온통 은색이었다. 막서드 아저씨 것과 똑같지는 않았지만 눈물방울 모양의 헤드였고, 그리고 아저씨 말이 맞았다. 나는 그것을 손에 쥐는 순간 바로 알았던 것이다.

"그 가격에서는 아주 좋은 라켓이란다." 매니저가 말했다.

그가 내게 나의 새 라켓이 든 가방을 건네주었을 때 나는 너무 행복해서 어쩔 줄을 몰랐다. 매니저는 무언가를 말하려는 듯했지만, 기침을 하더니 계산대로 돌아갔다.

가게 밖으로 나와서 모나 언니가 말했다. "이제, 밀크쉐이크를 먹으러 가자."

우리는, 나의 새 라켓은 무릎 위에 올려 둔 채로, 공원의 가장자리에 놓인 볕이 잘 드는 벤치에 앉았다.

밀크쉐이크는 아이스크림을 푸짐하게 넣어서 맛이 진했다. 우리는 모든 맛을 다 경험해 보려고 서로서로 바꿔 가면서 먹었다.

"훌륭한 걸." 쿠쉬 언니가 말했다.

정말 그랬다. 하늘은 푸르고, 공원 주위의 건물들은 희고 높았고, 우리는 햇빛 속에서 서로 돌려가며 밀크쉐이크를 먹으면서 그렇게 앉아 있었다.

모나 언니가 돈을 조금 남겨 놓아서, 다 함께 백화점에 갔다. 화장품 코너의 직원이 쿠쉬 언니에게 눈 화장을 받아 보라고 설득했다. 언니는 높은 의자에 앉았고, 우리는 함께 구경을 했다. 그러고 나서 모나 언니가 앉았고, 언니도 예쁘게 화장을 받았지만, 쿠쉬 언니처럼은 아니었다. 언니들은 립스틱을 샀다. 나는 아무것도 원하지 않는다고 말했다. 나는 모나 언니가 이미 라켓을 사 줬다고 말했지만, 언니는 어울리는 색을 골라서 내 입술에 발라 주었고, 쿠쉬 언니가 예쁘다면서 그것을 사자고 말했다. 사람들이 우리를 쳐다보고 있었는데, 주로 회색 레깅스에 스웨트 셔츠 차림으로 구석에 앉아 있던 쿠쉬 언니를 쳐다보는 것이었다. 언니의 눈은 너무 예뻐서 보고만 있어도 눈물이 날 것만 같았다.

우리는 집에 도착해서도, 외출로 인해 여전히 흥분한 상태였다. 집에 들어가는 대신 나는 내 라켓을 들고 문간에 앉았다. 쿠쉬 언니가 다시 나와서 내 옆에 앉았다.

"괜찮아?" 언니가 물었다.

나는 고개를 끄덕였다. 우리는 하늘로부터 빛이 서서히 나오는 것을, 별들이 나타나기 시작하는 것을 바라보았다. 만일 지금 당장 '사번가'가 건너편 주차장에서 나온다고 해도 신경도 쓰지 않겠다고, 녀석이 우리한테 할 수 있는 일이라곤 하나도 없기 때문에 우리는 여전히 하늘을 바라보며 거기 앉아 있을 거라고, 나는 생각했다.

아빠는 밥과 달을 준비해 놓았다. 문간에서부터 전분과 향신료 냄새가 물씬 풍겼다. 그 냄새는 우리가 배가 고프다는 것을 상기시켰다. 부엌에서는 라디오가 나오고 있었고 아빠가 서빙을 하고 있었다. 아빠는 들고 있던 접시들을 나눠주면서, 하루가 어땠냐고 물었다. 나는 저녁을 먹으면서도 아직 가방에 들어있는 나의 라켓을 다리에 기대어 놓고 있었다. 아빠는 우리의 시선을 피하고 있었다. 아빠는 화장에 대해서도 이야기하지 않았고, 우리가 식사를 마치고, 모나 언니가 접시를 치우고, 언니들이 뒷정리를 하느라고 바쁠 때가 되어서야 내 라켓에 대해 말했다. 나는 가방에서 라켓을 꺼내어서 커버의 지퍼를 열고 나서 아빠에게 건넸다. 언니들은 하던 일을 멈추고 지켜보고 있었다.

아빠는 페이스를 앞으로 향하게 라켓을 손에 쥐고, 그립을 고쳐 잡았다. 아빠는 살짝 찡그리더니, 그립을 다시 고쳐 잡았다. 라디오 소리는 시끄럽게 계속되었고, 우리는 모나 언니의 돈을 쓰면서 런던으로 갔던 것이 끔찍한 실수였음을 서서히 깨닫기 시작했다.

아빠는 은색 테두리 주위를 엄지 손가락으로 만졌다. 한참이 지난 뒤 아빠는 우리 사이의 식탁 위에 라켓을 내려놓았다.

"아주 좋구나." 아빠가 말했다. "아주 잘 골랐어."

아빠는 이렇게 말했지만, 아빠의 눈과 몸(아빠의 어깨며, 목이며, 피부 아래로 보이던 흰 뼈들마저도)은 그날 하루 우리가 아빠를 곤경에 빠뜨렸다는 것을, 우리가 아빠를 아빠에게 닥쳐오는 것에 아무렇게나 내버려두었다는 것을 이야기하고 있었다.

아빠는 일어나서 한 손을 모나 언니의 어깨에 잠시 올려놓았다가 이층으로 올라갔다.

우리는 라디오를 끄고 뒷정리를 마쳤다. 우리는 불이 꺼진 복도를 내다보며 부엌 문 옆에 서 있었다.

"우리, 어떡하지?" 내가 속삭였다.

쿠쉬 언니가 식탁 위에서 내 라켓을 집어서 내게 건네주었다.

"아무것도." 언니가 말했다. "우리는 이제 자러 가는 거야."

다섯

1983년, '그래스호퍼'라는 별명으로 알려진, 이집트 출신의 '가말 아와드'는 스쿼시 역사상 최장시간의 시합 끝에 자한기르 칸에게 패배했다. 치체스터 페스티벌 극장 무대 위에 마련된 퍼스펙스* 경기장에서의 두 시간 사십육 분 만이었다. 가말 아와드는 속전속결과 곡예와도 같은 기술로 유명했다. 자한기르 칸과의 경기에서는 공을 향해 다이빙하듯이 몸을 던졌고, 보는 이들에게는 도저히 불가능할 것만 같은 방법으로 연거푸 다시 벌떡 일어났다. 그러나 결국 가말 아와드는 경기 속도를 늦춰 보려고 노력하기 시작했고, 이는 자한기르 역시 마찬가지였다. 각기 상대방이 실수를 범하기를 기대했지만, 두 선수 모두 실수라고는 없었고, 장시간의 경기는 꽤 지루해졌다. 가말 아와드는 자한기르 칸의 지구력을 시험할 작정이었고, 자한기르 칸은 장시간 경기에서 자신이 질 수도 있다는 인상을 그 누구에게도 주지 않을 작정이었다. 결국 자한기르는 지쳤지만, 그래스호퍼는 탈진해 버렸다. 전설에 따르면, 그래스호퍼는 그날 이후로 결코 예전 같지가 않았다. 1987년, 그는 심판에게 라켓을 던져서 출전 금지를 당했고, 머지않아 스쿼시 무대를 떠났다.

우리는 막서드 아저씨의 덥고 먼지투성이인 푸조의 뒷자리에 앉아서, 아저씨의 이야기를 듣고, 완전히 매료당했다. 모든 창문을 다 열어둔 채였다. 막서드 아저씨는 큰 소리로 말하지 않았지만, 아저씨의 목소리는 어디에서라도 들릴 것만 같았다. 아저씨는 트렁크 위쪽의 칸막이를 치워서 쿠쉬 언니와 내가 다리를 펴고 앉을 수 있게 만들었다. 게드와 게드 엄마, 모나 언니와 막서드 아저씨의 조카인 샨은 뒷자리에, 아빠는 조수석에 앉았다. 우리는 리체스터의 놀이공원에 가는 중이었다.

그것은 샨의 제안이었지만, 아빠를 설득했던 사람은 모나 언니였다.

"우리는 뭔가를 해야 해요." 언니가 아빠에게 말했다. "뭔가, 기대를 걸 만한 것이 필요하거든요."

아빠는 식탁 위에 펜을 놓고 어깨를 주물렀다.

"너희끼리 가렴." 아빠가 말했다. "그렇지만 비싸단다."

"공짜예요."

"일단 거기까지 가면, 돈이 들지."

"아빠가 오셔야 해요. 아니라면 아무 의미가 없어요."

언니는 아빠에게서 돌아서서 밥솥을 향하더니, 데우고 있던 우유에 설탕을 넣고 젓기 시작했다.

"게드도 와요. 그리고 걔네 엄마도요." 언니가 중얼거렸다.

아빠는 거기에 동의하지는 않았지만, 더 이상의 반대도 하지 않았다.

우리는 코벤트리에서 고속도로를 빠져 나와서 샨을 픽업하기 위해 신문 가판대 앞에서 차를 세웠다. 샨은 우리 차가 서자마자 가게에서 뛰어 나와서 모나 언니 옆에 끼여 탔고, 가방을 무릎 위에 올려놓은 뒤, 자기 할머니가 만들어 준 연유, 설탕, 피스타치오로 만든 과자를 나눠주기 시작했다.

"안녕." 그는 우리 모두에게 한꺼번에 인사했다.

그에게서는 비누향이 강하게 났다. 그의 목소리는 아직은 완전히 바뀌지 않았지만, 언젠가는 막서드 아저씨의 목소리처럼 될 거라고 짐작이 갔다. 그가 입은 흰 셔츠는 일종의 작업복처럼 평범했지만, 그가 입고 있으니까 아름다울 지경이었다.

쿠쉬 언니가 내 발을 자기 발로 가볍게 쿡 찔렀다. 모나 언니의 뒷목과 팔 위쪽이 발그레했고, 언니는 아저씨와의 대화가 아주 재미있다는 듯이 막서드 아저씨에게로 몸을 기울여 조용하게 이야기를 나누고 있었다.

"아마도 그래스호퍼가 라켓을 내던진 건 자한기르 때문은 아니지 않나요? 어쨌든, 몇 년이 지난 뒤였지요, 아닌가요? 어쩌면 원래 그런 성격이었는지도 모르고요." 언니의 목소리는 높았고, 살짝 숨이 가빴다.

"어쩌면 그랬겠지." 막서드 아저씨가 말했다. "우리야 모를 일이지."

나는 막서드 아저씨가 기적적인 경기를 펼쳤다고 했던 이 사람이 라켓을 내던진 것으로 기억된다는 것이 불행한 일이라고 생각하고 있었다. 그때 막서드 아저씨는 부드럽게, "그렇지만 가말 아와드는 그저 한마디로 정의할 수 없는 존재야." 하고 말했다.

모나 언니는 몸을 반쯤 돌려서 우리에게 과자를 전달해 주었고,

우리와 시선이 마주치는 것을 피하고 있었다. 언니의 팔이 샨의 아름다운 흰 셔츠에 스쳤다.

**깊고도 깊이,** 그 놀이공원은 서글픈 장소였다. 온통 소란스러웠다. 모든 것이 너무나도 밝고, 너무나도 컸다. 바닥은 톱밥으로 가렸는데, 톱밥 아래는 흙바닥이었다. 회전 놀이 기구의 반대편에는 건초가 조금 섞인, 진흙 투성이의 풀밭 주위로 철조망 울타리를 쳐 놓았고, 울타리 안에는 이제껏 내가 본 중에서 가장 슬프고도 슬퍼 보이는 말 한 마리가 있었다. 파리떼로 뒤덮인 채, 그 목으로 버티기엔 머리가 너무 무거워서 코가 땅에 닿을 듯 말 듯한, 다리만 흰 밤색 말이었다 그 말은 단지 슬픈 것만이 아니었다. 거기에는 말의 잘못이 아닌 뭔가 잔인한 데가 있었다. 내가 '말아, 안녕' 하고 속삭이자, 말은 천천히 온몸을 돌려 버렸다.

하지만 또한 거기에는 우리 여덟 명이 있었다. 우리는 일단 헤어졌다가 일곱 시에 대관람차 앞에서 다시 만나자고 하고 나서도, 여전히 즐겁게 이야기를 나누면서, 흰색과 분홍 줄무늬의 코코넛 쉐이크 가게와 오리 사냥 게임 코너를 가리키면서, 달콤한 설탕 시럽 냄새와 탄내로 가득한 공기를 들이마시면서, 한참 동안 함께 있었다.

서로 헤어진 뒤에도, 처음에는 아이들은 아이들끼리 어른들은 어른들끼리 따로 헤어졌지만, 곧 모나 언니와 샨이 사라지면서 나와 쿠쉬 언니와 게드만 남게 되었을 때도, 우리는 우리 모두가 놀이공원의 이곳저곳에 분산되어 있다는 것을 알고 있었고, 서로를 발견하면 신이 나서 한참 동안 우리가 본 것을 떠들어 대며 함께 시간을 보냈다. 놀이 기구를 타고 있는 소년들은 욕을 하고 소리소리 질러대며, 때때로 공중으로 날아오르고 있는 자동차나 비행기의 바깥쪽을 타고 올라가서 아슬아슬하게 매달려 있었다. 인간 피라미드를 쌓았다 풀기를 반복하는 노란 옷차림의 아이들, 외발 자전거를 탄 울면서도 웃는 얼굴의 곡예사, 외줄타기를 하는 근사한 커플 등의, 관람료를 따로 받지 않는 서커스도 여기저기서 벌어지고 있었다.

화장실 근처에서, 쿠쉬 언니와 게드와 나는 모나 언니와 샨이 콜라 두 병에 위스키를 부어 넣는 것을 봤는데, 나중에 모나 언니는 우리에게는 콜라를, 아빠와 게드 엄마와 막서드 아저씨에게는 샌디*를 사 주었다. 언니는 언제나 아빠와 함께 음료수를 사러 갔고, 자기 돈으로 산 것임을 아무도 모르게 조심했다.

언니들과 샨, 게드와 나, 이렇게 우리 다섯 명이 롤러코스터에 탔을 때는 해가 바로 우리 위에 있었고, 우리는 금속 의자가 너무 뜨거워서 겨우 앉았다. 금속의 아무 곳도 만질 데가 없었다. 우리는 팔을 공중으로 들어올렸다. 내 어깨는, 한쪽은 게드와, 다른 한쪽은 쿠쉬 언니와 맞닿았고, 기차는 궤도를 끝까지 날아올라서 궤도와 거의 직각을 이뤘다가 수직 낙하하다시피 내려왔고, 우리는 부웅

솟구쳐 올라가면서 소리를 질러댔다. 궤도의 가장 높은 곳에서, 우리는 막서드 아저씨의 정수리를 발견했고, 곧 아빠와 게드 엄마가 코코넛 쉐이크 가게 옆에서 담배를 피우는 것도 보았고, 그들이 우리를 올려다볼 때까지 소리를 지르고 또 질러댔다. 우리가 다시 땅에 발을 디뎠을 때, 나는 다리가 후들거렸다. 내가 비틀거리자, 게드가 나를 지탱해 주려고 손을 뻗었다. 나는 가슴이 요동치고 있는 가운데, 어지러워서 땅을 내려다보며 서 있었다. 나는 무언가 강력한 것이 내게서 게드에게로 옮겨가는 것을 느꼈고, 곧 게드가 손을 뗐지만, 아무런 상관은 없다 싶었는데, 왜냐하면 그 무언가는 아직도 거기에 있었기 때문이었다.

우리에게는 단것이 더 필요했다. 콜라도 더, 아이스크림도 더 필요했고, 기계 안에서 빙글빙글 돌면서 커다랗게 만들어졌다가 우리 입으로 들어와서 사르르 녹을 솜사탕도 필요했다. 모나 언니는 관대했고, 우리가 사 달라고 할 때까지 기다리지도 않았다. 언니는 마치 갖고 있는 돈을 모두 다 써 버리고 싶은 것만 같았고, 우리는 그저 좋았다. 아빠가 나에게 아빠의 샌디를 맛보라고 했다. 나는 크게 한 모금 꿀꺽 삼켰다. 처음에는 차갑던 것이 뱃 속에서 뜨거워졌다. 아빠는 내게 미소를 지었고, 나는 게드를 쳐다보다가 돌아가고 있는 회전 놀이 기구를 쳐다봤는데, 그 윤곽선이 우리들의 눈 앞에서 별안간 선명하고 뚜렷해졌다.

놀이공원에는 샨의 친구들도 있었다. 그의 친구들은 모두 열여섯 살이거나 열일곱 살이었다. 그들은 나이보다 성숙해 보였다. 그들 중 몇몇은 스케이트보드를 들고 있었고, 그중 하나는 소녀였다. 자전거는 가지고 들어올 수 없었지만, 스케이트보드에 대해서는 아무도 아무 말을 하지 않았다. 스케이트보드를 들고 있던 소녀는 코에 작은 다이아몬드가 박혀 있었고, 짙은 색의 머리카락이 허리까지 흘러내렸다. 그녀의 스케이트보드에는 검은색으로 '세븐세컨드'라고 스프레이페인팅되어 있었다. 샨은 모나 언니를 그녀에게 소개했는데, 무언가 석연치 않았던 것은 샨이 줄곧 스케이트보드 소녀의 반응을 살피고 있었기 때문이었다. 나중에는 샨과 소녀가 다투는 것같이 보였다. 혹은 그보다는, 둘 다 벽에 기대어 있었고, 샨은 담배를 피우며 마치 지루하다는 듯 말을 내뱉고 있었지만, 그가 지루하지 않다는 것은 확연했다. 소녀는 그냥 다른 쪽을 향하고 있었다. 그녀가 담배를 비벼 끄려고 고개를 숙이자, 그녀의 다이아몬드 장식이 담뱃불에 반짝거렸다. 샨은 대화를 멈추었고, 그녀는 벽에서 몸을 일으켜서 스케이트보드를 집어들더니 자신의 일행을 향해서 걸어갔다. 그녀는 샨에게 아무 말도 하지 않았다. 샨은 그녀를 보고 있었다. 그가 불쌍해 보였다. 그러나 모나 언니만큼은 아니었다. 언니는 혼자서 화장실 근처에 서 있었다. 샨에게 고정되어 있었던 언니의 시선은 이제 아래를 향하고 있었는데, 언니의 표정이 조금 이상해 보였다.

    쿠쉬 언니와 나는 모나 언니에게로 다가갔고, 우리 셋은 놀이공원 가운데를 뚫고 걸음을 옮기기 시작했다. 오리 사냥 코너와 인간 피라미드며 대관람차를 지나쳤다. 우리는 아마도 놀이공원을 그냥 떠나 버렸을 테지만 딱히 갈 데가 없었고, 그래서 이리저리 돌아다니고 있었다. 모나 언니의 표정이 다시 멀쩡하게 보이기 시작했다. 언니는 손을 스커트 주머니 속에 넣고 있었다. 사람들이 반짝이는 눈빛으로 우리에게 미소를 던졌다. 회전 놀이 기구 건너편의 철조망 울타리 뒤에서 밤색 말이 우리를 보느라고 고개를 들어올렸다가는 이내 다시 떨구었다.

모나 언니를 향해 내가 느꼈던 동정심과 슬픔 아래로, 나와 게드 사이에서는 보이지 않는 무언가가 일어나고 있었다. 그것이 내 심장을 곤두세웠다. 앉아, 하고 내가 심장에게 속삭였지만, 심장은 거부했다. 쿠쉬 언니는 인간 피라미드를 보느라고 걸음을 늦췄다.

우리는 모나 언니에게로 무언가 취약한 것이 되돌아왔음을 느꼈다.

모나 언니는 머릿속의 어딘가를 파고들어서 그것이 무엇인지를 우리에게 그려보이고 싶어 했다.

언니는 자기 앞의 허공을 바라보고 있었다.

"만약에 엄마가 돌아가시지 않았다면," 언니가 퉁명스레 말했다. "게드와 게드 엄마는 여기 없었을 거야."

곧 언니는 고개를 돌려서 나에게 말했다.

"그들이 여기에 있는 건, 엄마가 돌아가셨기 때문일 뿐이야. 알고 있니?"

나는 언니를 따라 계속 걸어갔다. 언니는, 알고 있냐고 다시 물었다. 언니는 대답을 원했다.

그러나 대답을 한 것은 내가 아니었다.

별안간, 모나 언니와 나는 무언가 뜨겁고 흰 물결이 우리에게로 다가오는 것을 느꼈다. 아마도 모나 언니가 어떻게든 몸을 돌려 볼 수도 있었겠지만, 그 전에 쿠쉬 언니가 언니에게로 뛰어들었다. 쿠쉬 언니는 너무 마른 탓에, 결국 모나 언니를 바닥에 곤두박질치게 만들고 말았다.

모나 언니는 진흙 속에서 뒹굴기 전까지 아무런 저항도 하지 않았던 걸 보면, 중심을 잃었던 것이 분명했다. 제대로 고개를 가눌 정도로 갑자기 목이 튼튼해져서 우리를 바라보고 있는 밤색 말의 주변을 날아다니는 파리떼가 느껴졌다. 나는 그 말에 대한 모든 것을 보았다. 근육에서 보이는 힘도, 발굽 속의 심한 가려움도, 입속의 고약한 냄새까지도 다 보았는데, 그것이 어떻게 가능했는지는 모르겠다. 나도 언니들과 함께 거기에 넘어져 있었던 것이다. 사방이 뼈와 발굽과 뜨거운 입김으로 가득했다. 뜨겁고도 달콤한 피맛이 느껴졌다.

그러자 누군가의 손이 내 어깨 위에 올려졌고, 나를 들어올렸다.

막서드 아저씨였다. 아저씨에게서는 땀냄새가 진하게 풍겼고,

나는 그것이 나인지, 아니면 밤색 말인지를 생각했다. 나는 게드가 쿠쉬 언니를 잡은 상태로, 동시에 모나 언니를 도와주려고 허리를 굽히고 있는 것을 보았다.

막서드 아저씨는 나를 향해서, 다 괜찮을 거라고 조심스레 말하고 있었다. 게드는 모나 언니를 따로 붙들고, 한 손을 쿠쉬 언니의 가슴뼈에 얹어놓은 채 나를 바라보고 있었고, 그의 표정 역시 같은 말을 하고 있었다. 다 괜찮을 거야. 그들이 정말 이야기하고 있었던 것은 내가 있던 자리에 그대로 있어야 한다는 것이었다. 그들은 내게 가만히 있으라고 말하고 있었다.

아빠와 게드 엄마는 우리 다리에 묻은 흙이며, 상처며, 피를 보았다. 게드 엄마는 게드를 바라보았다. 아빠는 우리의 어깨와 목을 만지고 나서 음료수를 삼켰다. 막서드 아저씨가 음료수를 더 가져왔고, 우리 모두가 나란히 한 줄로 서서, 오리 사냥 게임 코너의 벽에 기댄 채로 해가 지는 것을 바라보고 있으려니까, 갑자기, 그리고 설명할 수는 없었지만, 우리 사이의 상처받은 느낌은 아무것도 아닌 것만 같았다. 그런 뒤에, 우리는 달을 바라보았다. 달은 옅은 하늘에 겨우 눈에 보일락 말락 떠 있었다. 나는 게드 옆에 서서, 나 자신에게, 다 괜찮을 거야, 라고 계속 말하고 있었다.

**모나 언니는 일하러** 나가는 것을 그만두었다. 학교와 웨스턴레인, 그리고 아빠가 우리를 데려갈 때 대형 마트나 식료품 가게에 따라가는 것 말고는 어디든 나가는 것을 일체 다 그만두었다. 미장원의 매니저가 전화를 했고, 언니는 숙제가 너무 많아서 더이상 갈 수가 없다면서 다른 사람들에게도 말해 달라고 부탁했다. 그러나 언니는 집안일을 돌보는 것만은 계속했다.

쿠쉬 언니와 나는 집 뒤의 요새에 앉아서 놀이공원에서 일어났던 일을 되짚어 보았다. 쿠쉬 언니는, 모나 언니가 샨을 좋아했지만, 만일 '세븐세컨드'가 스케이트보드를 들고 나타나지 않았다 해도, 모나 언니는 아무 것도 하지 않았을 거라고 말했다. 모나 언니는 란잔 숙모나 누군가가 아빠에게 전화를 걸어서, 당신 딸이 파키스탄 남자 아이랑 돌아다니고 있다고, 세상을 떠난 엄마한테 얼마나 큰 수치냐고 한탄할 생각을 참아낼 수가 없었을 터였다. 우리 친척들은 엄마의 생전에도 우리가 무언가 하면 안되는 일을 할 때마다 엄마가 쉽게 상처받는 사람이라는 듯 엄마의 감정을 들먹였다. 그러나 엄마는 그렇지가 않았다. 어쨌든 지금은 소용도 없다. 이제 엄마는 떠나셨고, 엄마에게 상처를 줄 수 있는 우리의 능력은 무한대인 것만 같다.

모나 언니에게는 정말 숙제가 있었고, 쿠쉬 언니도 마찬가지였다. 언니들은 웨스턴레인에 하루에 한 시간씩만 왔고, 오래지 않아 토요일에만 오게 되었다. 그것은 언니들의 결정이었고, 아빠는 문제삼지 않았다. 이제 언니들과는 더이상 연습을 하지 않게 되었다. 언젠가 막서드 아저씨가 나와 연습하라고 자기 조카의 딸을 데려왔는데, 그녀는 내가 공을 세게 치는 것을 좋아하지 않았고, 내가 이를 알아차렸을 때는 이미 늦었을 때였다. 그 뒤로는 나와 아빠와 게드만이었다.

아빠와 나는 웨스턴레인에서 집으로 밤늦게 돌아왔고, 그때쯤이면 언니들을 본 지가 아주 오랜만인 것만 같았다. 나는 냉장고에서 우유를 꺼내거나, 혹은 곧장 정원으로 나가서 스케이트를 타고 왔다갔다하면서 일주일 간의 경기를 머릿속에서 재생시켰다. 나는 게드를 생각하곤 했는데, 내가 롤러코스터에서 내려왔을 때 나를 붙잡아 주던 것이나 내가 발목을 다쳤을 때 바로 내 앞에 공을 떨어뜨려 주던 것을 떠올렸다. 나는 기억하라고 나를 그냥 내버려두었고, 그때부터는 나는 더이상 정원에 있는 것이 아니었다. 마침내 내가 안으로 들어오면, 아빠는 서류에서 고개를 들었다가는 깜짝 놀란 것같은 표정으로 가만히 보고만 있었다.

"그건 엄마 때문이야." 쿠쉬 언니가 나중에 내게 말해 주었다. "너가 엄마를 닮았거든."

우리가 집에 도착했을 때 모나 언니가 아직 식사 준비를 해 놓지 않았을 때면, 아빠는 내가 들어올 때까지 기다렸다가 나와 쿠쉬 언니를 식료품 가게로 보냈다. 우리는 조리된 콩 통조림과 미니 냉동 피자를 사서 집으로 돌아왔고, 그건 모나 언니가 우리 셋에게 화를 내게 만드는 일이었다. 우리 집에 오는 손님들은 우리가 매일매일 무엇을 먹는지에 관심이 아주 많았고, 이것 역시 모나 언니를 화나게 만들었다. 언니의 기분이 아빠를 걱정시키는 것 같지는 않았다. 아빠는 눈치도 못 채는 것 같았다.

어느날 저녁, 나는 운동을 하다가 메스꺼움을 느꼈는데, 게드 엄마와 함께 발코니에 서 있던 아빠는 내려와서 내가 뭔가를 먹어야만 한다고 말했다. 나는 아빠에게 어떻게 대답해야 할지를 몰랐다. 다음 날, 게드 엄마가 우리집에 왔다. 그녀는 현관에 서서 라자냐를 넉넉히 만들어서 여분을 가져왔다고 말했는데, 오래 머무를 생각은 아니었다.

"모나가 이제 막 차를 만들었어요."라고 아빠가 말했다.

게드 엄마가 집으로 들어왔다.

"고기는 안 들어 있단다." 게드 엄마는 모나 언니에게 설명했다.

언니는 나한테 차를 만들라고 하더니 코트를 입고 밖으로 나갔다.

게드 엄마는 어쩔 줄 몰라 했지만 아빠가 초대했기 때문에 라자냐 접시를 조리대 위에 놓고는 식탁에 앉았고, 나는 차를 준비했다. 다들 모나 언니가 돌아오지 않을 거라고 생각하고 있었지만, 언니는 돌아왔다. 언니는 가게에서 파는 파운드케이크를 통째 사서 돌아왔고, 그것을 잘라서 식탁의 가운데에 놓았다. 우리는 차를 마시면서 케이크를 먹었다. 그런 뒤, 아빠와 게드 엄마는 정원에 나가서 서 있었다.

초인종이 두 번 울렸을 때까지도 그들은 여전히 밖에 있었다.

지날의 엄마인 '수질라벤' 아줌마였다. 그녀는 부엌으로 들어왔고, 찻잔과 케이크 부스러기, 아빠와 게드 엄마가 정원에서 담배를 피우고 있는 것을 보았다. 쿠쉬 언니가 아빠를 부르러 나갔다.

수질라벤 아줌마는 나와 모나 언니에게 긴장한 듯한 미소를 지었다.

"네가 아빠를 위해 요리를 하고 있니?" 한참만에 아줌마가 언니에게 물었다.

"아빠는 요리를 할 줄 아세요." 모나 언니가 말했다. "아빠는 스스로를 잘 건사하실 수 있어요."

수질라벤 아줌마는 아빠가 게드 엄마와 함께 들어올 때까지, 눈을 깜빡이며 우리 부엌을 둘러보고 있었다.

"이분은 린다씨에요." 아빠가 말했다. "이분은 수질라씨에요."

두 사람은 서로 인사를 나누었다.

그리고 나서 아줌마는 게드 엄마를 무시한 채로, 아빠에게만 이야기했다. 아줌마는 아주 수줍어하며, 아빠가 어떻게 지내고 있는지를 물었다. 아빠는 잘 지낸다고 대답하고는, 그녀는 어떻게 지내고 있는지 물었다. 그럭저럭, 잘 지내고 있다고 아줌마는 대답했다. 아줌마는 사리를 만지작거리며 옷주름을 폈다. 그리고 계속 식탁을 바라보며, 누군가가 앉으라고 하기를 기다리고 있었다.

"우리는 차를 마시고 있었어요." 아빠가 말했다.

수질라벤 아줌마는 아빠의 얼굴을 바라보더니, 자신의 조카가

삭발식\*을 치를 예정인데, 여자 사촌 두 명이 볼거리를 앓고 있어서 못 온다며, 고이니\*가 되어줄 소녀들이 몇 명 필요하다는 것을 서두르며 말했다.

아빠는 그냥 서 있었다.

"언제인가요?" 모나 언니가 물었다.

"일 주일 뒤란다." 아줌마는 모나 언니 쪽으로 돌아서며 고맙다는 표정으로 말했다. "일요일 아침이야. 여덟 시에 오렴."

모나 언니는 구자라트어로 대답했다. 아줌마, 일요일에는 우리 집에 손님이 오셔요, 언니가 말했다.

아빠가 모나 언니에게 날카로운 시선을 던졌고, 곧 나를 바라보았다. 모나 언니는 수질라벤 아줌마에게 일요일에는 우리가 생리를 해서 고이니를 맡을 수가 없다는 이야기를 하고 있었다.

너희들 모두 다 함께 말이니, 아줌마가 역시 구자라트어로 물었다.

모나 언니는 우리 뜻대로 안 되는 일이라는 듯 어깨를 으쓱해 보였다.

우리 아빠가 바라보고 있는 가운데, 우리 부엌에 서서, 우리의 생리 주기를 놓고, 우리와 논쟁을 시작할 수는 없었기 때문에, 아줌마는 간단히 영어로 "알았단다."라고 말하고 나서 아빠에게로 돌아섰다. "차루에 대해서는 정말 마음이 아프네요."

아줌마는 아빠에게로 한 걸음 다가서서 아빠의 양손을 잡았는데, 아빠의 얼굴이 얼마나 창백해졌는지는 눈치채지 못하는 것 같았다.

"하지만 우리가 매주 센터에 있다는 것은 아시죠. 우리는 그동안도 늘 거기 있었어요. 어떠실지는 알지만, 이제는 시간이 많이 지났어요."

아빠가 손을 뺐다.

"우리 아이들을 기억해 주셔서 고맙습니다. 다음에 또 들러 주세요." 아빠가 말했다.

모나 언니가 아줌마를 배웅했다.

우리는 아줌마가 복도에서 속삭이는 것을 들었다. "란잔 숙모가 아니?"

아줌마는 게드 엄마에 대해 이야기하고 있었다.

"알다니요, 뭘 말씀이세요, 아주머니?" 모나 언니가 되물었고, 수질라벤 아줌마는 대답을 얼버무리다가 떠났다.

언니가 부엌으로 돌아왔을 때, 아빠와 게드 엄마는 불 붙인 담배를 들고 복도에 서서 정원을 내다보고 있었다. 아빠는 게드 엄마에게 공동체와 공동체 센터에 대해서 설명을 하고 있었다.

"사람들이 자신들은 같다고 믿으면서 모이는 그런 장소지요." 아빠가 말하고 있었다. "자기만의 생각이란 불가능하지요."

모나 언니가 아빠의 등을 쳐다보았다. 그러더니 이층으로 올라갔다. 언니는 게드 엄마가 돌아가기 전까지 다시 내려오지 않았다.

우리는 게드 엄마의 라자냐를 냉동고에 넣고 나서 밥을 지었다. 아빠가 저녁 식사 후 발라 아저씨에게 편지를 쓰고 있는 동안에 모나 언니는 청소와 정리를 하면서 라디오의 채널을 계속 바꿔댔다. 언니는 솥 위에 단단히 눌어붙은 오래된 자국을 닦기 시작했다.

십 분이 지나자 언니가 라디오를 껐고, 우리는 언니가 아빠와 한바탕하리라는 것을 알았다. 나는 욕실로 갔다. 양변기의 뚜껑 위에 앉아서 더럼&클리블랜드를 그려 보았다. 밖으로는 나무들과 눈을, 안으로는 끝없이 이어진 코트들를 떠올렸다. 내가 상대할 소녀들을 상상해 보았다. 나는 이미 그녀들의 인생 전부와 매년 어떻게 훈련을 받아왔을지를 상상해 두었고, 나에게 불리한 일들은 쌓여만 가고 있었다. 그렇지만 상관없을 테다. 몇 년 동안의 줄넘기, 고스팅, 달리기 훈련도 우리가 일단 코트에 들어서면 아무 소용도 없고, 그들은 자신들의 라켓을 벽에 부딪혀 깨뜨리고 말게 된다. 내가 상상했던 소녀 중 한 명은 열세 살이었다. 소녀는 아버지와 함께 살고 있다. 소녀의 아버지는 그녀가 아주 어렸을 때부터 학교를 자퇴시키고, 그때부터 줄곧 훈련을 시킨다. 그는 아침 저녁으로 한 시간씩 줄넘기 연습을 시킨다. 소녀가 경기를 하고 있는 동안, 소녀의 아버지는 오직 그녀만이 알아볼 수신호를 보낸다. 소녀는 더럼&클리블랜드에서 성공할 수도 있었다. 소녀는 자신이 상대하는 모든 경기를 쉽게 이길 수도 있었다. 나를 만나기 전까지는 말이다. 아무도 내게 가능성이 있다고 생각하지 않는다. 내가 코트에 들어가고, 아빠는 최선을 다 하라고 말하고 나서, 소녀의 아버지 옆에 가서 나란히 선다. 처음에는 모든 것이 그녀에게 유리하게 전개된다. 그녀는 거의 모든 점수를 따내지만, 너무 앞서간다. 5점을 따고는 이미 다 이긴 것처럼 생각하고 있는데, 바로 그때 내가 차분하게 벽에 바짝 갖다 붙여서 공을 친다. 그녀는 이 공은 간신히 처리하겠지만, 매번 라켓을 휘두를 때마다 라켓을 부러뜨릴까봐 두려워하고, 이 생각이 그녀를 마비시키고 만다. 그녀는 자신의 아버지를 바라보며 지시를 호소하지만, 그녀의 아버지는 고개만 절레절레한다. 그녀는 경기를 포기할 온갖 궁리를 시작할 것이고, 나는 경기를 계속 하기만 하면 되는 것이다.

"하고 싶은 것을 다 하고 살 수는 없어요." 내가 부엌으로 돌아왔을 때, 모나 언니가 아빠에게 이야기하고 있었다. "란잔 숙모가 전화하시면 뭐라고 설명드릴까요?"

나는 아빠 옆에 앉았다. 무척 당황스러웠다. 모나 언니와 아빠가 철저하게 침묵했고, 아빠는 펜을 든 채로, 언니는 수세미를 든 채로, 서로를 바라보고 있었기 때문이었다. 아빠가 펜을 내려 놓았다.

"우리가 무슨 이야기를 하고 있는 거니?" 아빠가 아주 점잖게 말했다.

그러다가 언니는 갑자기 포기해 버렸다.

"됐어요." 언니는 말했다. "신경쓰지 마세요."

아빠는 편지 쓰던 일로 되돌아갔다.

"내일은요, 아빠?" 언니가 한참이 지나서 물었다.

아무 대답이 없자, 언니가 중얼거렸다. "아빠."

아빠는 다시 고개를 들었다.

"제 말 들으셨어요?" 언니가 물었다.

아빠는 고개를 갸우뚱했다. "내일은?" 아빠가 똑같이 반복했다.

언니는 기다렸다.

"대형 마트 말예요." 언니가 결국 말했다. "내일은 가야 해요."

"갈 거라고 내가 말했을 텐데." 아빠는 대수롭지 않다는 듯 말했고, 편지 쓰던 일로 되돌아 갔다.

언니가 아빠를 빤히 바라보았다. 언니의 눈이 눈물로 글썽거렸다. "아뇨. 안 하셨잖아요."

언니는 반쯤은 비난했고, 반쯤은 애원했다. 언니의 공격이 재차 가해지자, 아빠의 펜이 멈췄고, 아빠의 얼굴에는 고통스럽고 무력한 표정이 역력했다. 언니는 아빠에게서 돌아서서 환풍기를 켰다. 그 소리가 언니의 수세미질 소리와 아빠가 말했을 수도 있을 무언가를 빨아들였다.

우리가 아직도 부엌 정리를 하고 있었을 때, 아빠는 편지에 서명을 하고 접어서 봉투에 넣었다. 그리고는 복도로 나가서 현관문 옆에 봉투를 놓았다. 우리는 아빠가 계단을 올라가는 소리를 들었다. 모나 언니는 개수대를 닦기 시작했다. 쿠쉬 언니는 바닥 한 곳을 아무렇게나 쓸어댔다. 나는 가방을 차에 두고 왔다고 말했다.

모나 언니는 그날 저녁 내내 아빠에 대해서 이야기하고 싶어 했다. 언니는 아빠도 뭐가 필요할 때마다 동네 식료품점에 뛰어갈 수는 없다는 것을 알 거라고 말했다. 그러다 보면 돈이 다 떨어지기 때문이라고 했다. 언니는 도매상점에 대해 한참 동안 설명했다. 그런 뒤에 아빠의 일 문제를 거론했다. 쿠쉬 언니는 여름철에는 늘 한산하다고 말했고, 모나 언니는 아니야, 그렇지 않아, 라고 말했다. 언니는 아빠가 약속 시간에 나타나지 않아서 단골들을 실망시키고 있다면서, 사람들이 아빠의 상황에 동정심은 느끼겠지만, 자기네 전구에 불이 들어 오지 않는 것과 자기네 냉장고가 고장난 것을 잊지는 않을 것이고, 결국 아무도 안 찾게 된다고 말했다. 그들이 아빠를 필요로 했을 때, 아빠가 웨스턴레인에 있었다는 것은 아무도 잊지 않을 것이었다.

**칠월 말의 결코** 잊을 수 없었던 어느 긴 하루, 아빠와 게드 엄마는 발코니에 서 있었고, 게드와 나는 그 아래 벤치에 앉아서 쉬고 있었다. 우리는 게드 엄마가 우리에게 준 통에서 각자의 작은 플라스틱 컵에 따른 레모네이드를 하나씩 들고 있었다. 우리는 이제 막 경기를 치렀고, 내가 아빠와 훈련을 시작하기 전에 밖으로 나가서 함께 달리기를 할 예정이었지만, 시간도 늦었고 배도 고파서 벤치에 그냥 앉아 있었다. 레모네이드는 정말 좋았다. 차고, 날카롭게 톡 쏘는 기포가 코를 타고 올라오면서, 뱃속에서 따끔거렸다. 아빠와 게드 엄마는 발코니 아래에 있는 우리를 볼 수가 없었다. 두 사람은 우리가 거기 있는지도 몰랐다.

아빠는 자신의 일에 대해, 그 일이 얼마나 끝이 없어 보이는지에 대해 이야기를 시작했다. 아빠가 무언가를 이끌어 내고 있다는 것과 그것을 천천히 접근하고 있다는 것은 아빠도 그것이 무엇인지를 모르기 때문이라는 것만은 누구라도 알 수 있었다.

그때 내가 일어나서 무슨 소리를 냈다면 아빠를 멈출 수도 있었겠지만, 나는 가만히 있었고, 게드도 가만히 있었다. 우리는 레모네이드를 마시면서 귀를 기울이고 있었다. 우리의 숨소리와 레모네이드의 차게 톡 쏘는 맛이 느껴졌다.

사실, 아빠는 거의 아무 말도 하지 않았다. 아주 오랫동안씩 침묵했다.

이런 침묵이 한 차례 있고 나서, 아빠가 게드의 엄마에게, 가끔씩은 시간이 너무 많다고 느끼지 않느냐고 묻는 소리가 들렸다. 아빠는 그녀에게 시간이나, 아이의 얼굴 표정이나, 냄비 뚜껑이 달그닥거리는 소리 같은 것들이 두려움에 떨게 만들지는 않느냐고 물었다.

어쩌면 그녀가 이해한다는 식의 어떤 몸짓을 했을 수도 있었다.

아빠는 조용히 있다가 말을 했다. "아이들이요. 딸들 말예요.

가끔씩 나는 애네를 보고 있을 때면, 애네가 나를 잡아먹을 것만 같다는 생각이 들어요."

아빠의 목소리는 조용했다. 아빠 아래에 앉아 있으려니까, 뭔가 불쾌한 소리가, 뭔가 아빠의 마음 속에 오랫동안 잠자코 있었던 것이 곧 들려올 것만 같이 느껴졌지만, 더이상은 아무것도 없었다. 나는 그것들이 나를 잡아먹을 것만 같다는 생각이 들었다.

아빠의 발소리가 뒷쪽 계단으로 사라지는 소리와 함께 그 뒤를 따라 게드 엄마의 발소리가 들렸고, 두 사람은 밖으로 나갔다. 이중문의 유리를 통해서 그들이 보였고, 바깥쪽을 향해 서 있는 모습으로 봐서 두 사람은 담배를 피우고 있었다. 게드가 내 라켓의 그립을 봐 주려고 고개를 돌렸다. 벌써 상태가 나빠져서 한번 봐 달라고 아까 부탁해 놓았던 것이다. 그는 그립을 새로 감기 시작했다. 나는 바닥에 레모네이드 컵을 놓고 일어섰다. 게드가 이중문 쪽을 힐끗 바라보는 것을 보았다. 나는 한쪽 발을 잡고 허벅지를 스트레칭하면서 외발로 서 있었다. 나는 그가 금방 라켓을 돌려주면서 다시 운동을 시작해야겠다고 말할 줄 알았는데, 그는 그냥 자기 자리에 앉아 있었다.

아빠와 게드 엄마가 안으로 들어왔을 때, 그들의 표정은 밝고 편안해 보였다. 아빠가 바로 몇 분 전에 자신의 인생에서 아마도 가장 슬픈 말을 했고 우리가 들었다는 것은 아무도 모를 일이었다. 게드 엄마는 빨간색 비옷을 입고 있었다. 그녀는 한 손에 장갑을 쥐고 있었다.

"레모네이드 좋았어?" 그녀가 내게 물었다.

"정말 좋았어요." 내가 말했다. "감사합니다."

그녀의 코끝이 반짝거렸다. 그녀에게서는 뭔가 달콤한 향이 났다. 나는 발을 내렸다. 몸이 떨려 왔다. 게드가 벤치에서 일어나더니 내게 라켓을 돌려주고 나서 옆 코트로 들어갔다.

아빠는 우리 코트로 들어가는 문을 열었고, 나는 아빠를 뒤따라 들어갔다. 우리는 쉬운 드라이브와 몇 개의 발리를 치면서 기초 운동을 했다. 내 몸에서 이상한 느낌이 느껴졌다. 일종의 위태로움이었는데, 꿈 속에서 뭔가 죄책감이 있을 때 느끼는 그런 불안감이었다.

아빠는 잠시 공을 손에 쥐고 서 있었다.

아빠가 말했다. "경기 시작하자."

아빠와 나는 지난 몇 달 동안 경기를 하지 않았었다. 나는 자리를 잡고 섰다. 아빠는 공을 높게 띄워 올려 벽에 붙여서 서브했고, 점점 장시간 경기로 끌고 갔고, 나는 연거푸 졌다. 아빠는 세게 치지는 않았지만 티존을 차지하고 나를 움직이게 만들었다. 아빠는 생각할 시간을 주지 않았고, 나는 생각을 하지 않았다. 무슨 일이 일어났는지 모르겠다. 나는 움직이고 있었고, 백핸드를 하려고 발을 옮기면서 라켓을 높이 들고 어깨를 돌리는 중이었는데, 아빠의 차분하고 분명한 목소리가 바로 옆에서 들려왔고, 갑자기 코트 전체가 기울어지면서 공기가 요동치더니, 모든 것이 붉은 안개로 뒤덮였다.

나는 내가 라켓을 휘둘렀을 때, 내가 어디에 있었는지, 아빠가 나와 얼마나 떨어져 있었는지 알고 있었다. 나는 백핸드 코너에서 공을 잘 치기에 충분하게 떨어져 있었고, 아빠는 나와 대각선 지점에 있었다. 지금도 나는 티존에서 앞벽을 향한 채 내 위치를 확인하며 내 쪽으로 고개를 돌리고 있는 아빠가 보인다. 그러나 그때 나는 아빠를 그 각도에서 보지 않고 있었다. 나는 아빠와 나를 위에서 내려다보고 있었다. 나는 라켓에 온몸을 실었고, 그래서 공이 아빠의 턱뼈에 닿았을 때 그렇게도 큰 소리가 나서, 잠깐 동안은 그 공이 아빠를 뚫고 지나가서 반대편 벽에 부딪혀 찢어졌다고 상상할 만도 했던 것이다.

코트 밖으로 나와서, 나는 아빠에게 미안하다고, 내 정신이 아니었다고 계속 말했고, 그 소리를 게드 엄마에게도 하고 있었다. 그들은 벤치에 앉아 있었다. 그녀는 바에서 가져온 얼음을 얇은 타월에 싸서 아빠의 턱에 대고 있었다.

그녀는 "괜찮아, 애야."라고 말했지만, 목소리가 떨리고 있었고, 나를 바라보지 않았다. 아빠는 내가 쳤을 그 어떤 공에도 충분할 만한 거리에 서 있었다는 것을, 그녀마저도 이해할 만한 경기였다.

게드는 내가 라켓을 떨어뜨린 서브 구역에서 라켓을 가져왔다. 그는 내 옆에 서 있었다. 그의 표정이 어두웠다. 그가 내게 라켓을 건네주었을 때, 우리의 손가락은 서로 닿지 않았지만, 어쨌든 우리가 롤러코스터에서 내렸을 때와 똑같았는데, 이번만큼은 우리 사이에서 움직였던 그것이 그로부터 나왔다.

나는 아빠가 게드 엄마에게 자신이 괜찮다고 말하는 것과, 그녀가, 알아요, 라고 말하는 것을 들었다. 아빠의 얼굴은 심하게 부어올라서 거의 입도 움직일 수가 없었고, 나는, 도대체 어떻게 괜찮다는 거지, 싶었다. 아빠가 집으로 돌아가야겠다고 말했다. 우리는 돌아갈 준비를 마쳤지만, 나는 내가 서 있던 자리에서 꼼짝도 할 수가 없었다.

게드는 여전히 내 옆에 서 있었다.

그가 조용하게 말했다. "내일 보자."

"내일 봐." 내가 말했다.

게드 엄마가 나를 보더니 게드를 보았다. 나는, 그녀가 이층으로 올라가고 싶어한다는 것과 게드가 자신과 함께 가기를 바란다는 것을 보았다.

아빠도 그것을 보았다.

아빠는 내가 아빠를 다치게 만들고 나서 여태껏 내게 아무 말도 하지 않았지만, 이제야 부드럽고 느리면서도 알아들을 수가 없는 음성으로, "너의 백핸드가 향상되었구나."라고 말했다.

아빠가 내 어깨 위에 팔을 걸쳤고, 우리는 스포츠 센터를 걸어 나왔다.

아빠는 말을 통해서는, 그 사고는 아빠와 나 사이에 일어났다고, 게드 엄마에게 이야기하고 있었고, 목소리에 담긴 점잖음을 통해서는, 진정하라고, 나에게 이야기하고 있었다.

밖으로 나오자, 하늘은 대부분 어두웠지만, 지평선 위로 빛이 하얀 띠로 낮게 깔려 있었다. 나는 몇 시간 뒤 하늘이 사방으로 캄캄할 때 게드가 여기에 서 있는 것을 상상했다.

아빠의 팔이 무겁게 느껴졌다. 우리는 차로 다가갔고, 아빠는 팔을 내려놓았다. 아빠가 차 트렁크를 열어 주었고, 나는 가방을 그 안에 넣었다.

"코트에 섰을 때에는 감정에 지배당하지 말아라." 트렁크를 닫으면서 아빠가 말했다. 말을 하느라고 아빠의 얼굴이 일그러졌다.

아빠와 내가 집에 도착했을 때는 아직 완전히 어두워지지 않았고, 빛의 띠도 아직 남아 있었다. 나는 조수석의 문을 닫고 가방을 꺼내려고 했지만, 아빠는 마치 내가 거기 없는 것처럼, 마치 곧 다시 차로 돌아가서 차를 몰고 떠날 듯이, 집을 바라보며 서 있었다. 나는 아빠를 불렀지만, 아빠는 대답이 없었는데, 나는 우유를 사러 간다고 말했다. 오래 걸리지 않아요. 아빠는 내가 어느 쪽으로 가는지 보지 않았지만, 나는 어쨌거나 식료품점 쪽을 향했고, 거기서부터 먼 길을 돌아서 우리집 뒤의 언덕으로 갔다. 나는 언덕 기슭에 앉았다. 하늘이 캄캄해질 때까지, 그래서 내 뒤의 언덕도, 우리집 뒤도 캄캄해져서 모든 것이 한꺼번에 하나의 평면으로 존재할 때까지 거기에 앉아 있었다.

내일 봐, 나는 중얼거렸다.

여섯

아빠는 고스팅 연습을 신뢰했고, 나도 역시 그랬다. 공 없이 라켓만으로 속도감 있게 목적 의식을 가지고 경기 동작을 반복해서 연습하다 보면, 실전 훈련이나 기술 연습을 능가했다. 나는 가끔씩은 고스팅이 실전 이상이라고 생각했다. 아빠는 우리를 지켜보았고, 나는 발놀림에 좀 더 신경을 썼다. 나는 모든 샷에 최선을 다했다. 발을 옮기기 전에 팔로스루*를 끝까지 했다. 그러고 나자, 아빠는 우리가 좀 더 밀어붙여야 한다고 말했다. 고스팅을 할 때는 스윙에도 신중을 기해야 하지만, 또한 긴박감 넘치는 실전을 치르고 있다고 상상해야만 한다는 것이다. 우리가 자한기르를 상대한다는 것이다. 모든 것이 바뀐 것은 바로 그때였다. 나는 고스팅 동작을 하면서도 구체적인 압력을 느끼기 시작했고, 언제 어디서 내 몸에 그 통증이 느껴질지 예상할 수 있었다. 종종 힘들고 어렵게만 느껴질 때도 있었지만, 리듬을 탈 때도 있었고, 그런 뒤에는 리듬 이상의 무언가가 있었다. 내 몸은 무중력 상태가 되었다. 경기장의 표면과 크기가 확실하게 느껴졌고, 나는 느낌을 통해서 내가 그 안의 어디에 있는지를 알았지만, 또한 동시에 내가 그 어디에도 없다는 것도 알았다.

**내가 아빠를 다친** 뒤로, 게드 엄마는 게드가 나와 연습하는 것을 중단시켰다.

나는 일주일 내내 웨스턴레인에서 게드를 찾아다녔지만, 그는 아무데도 없었다. 아빠와 게드 엄마는 만나서 평상시처럼 담배를 피웠고, 나는 그들이 밖에서 이야기하고 있는 것을 보고 알았다. 아빠는 처음에는 아무 말도 하지 않았다. 아빠는 내게 공을 서브해 주며 연습을 시켰고, 며칠이 지난 후 언니들이 시합날까지 나와 연습하는 시간을 늘려야만 할 거라고 말했다. 그런 뒤 아빠는 게드 엄마가 코트에서 일어났던 일을 좋아하지 않는다고 말했다. 차를 타고 집으로 돌아오던 길이었다. 나는 무릎 사이에 라켓을 끼고 있었는데, 조수석 앞 공간에 토하게 될 것만 같았다.

"게드는 돌아오지 않나요?" 내가 물었다. 아빠가 내 목소리에서 뭔가를 눈치채고 차를 멈췄다.

"창을 열려무나." 아빠가 말해서 나는 그렇게 했다. 그러자 아빠가, "돌아올 거야, 그렇지만 연습은 같이 안 할 거야."

"아줌마한테 설명을 안 하셨어요?" 내가 외쳤다.

"무슨 설명을 말이니?"

"게드와는 괜찮을 거라고요. 그러니까, 안전할 거라고요."

"그럴까?" 아빠는 점잖게 말했다.

아빠 얼굴의 멍은 피부 아래에 고인 피멍으로 인해 어둡고 누런 색이었다. 나는 아빠를 똑바로 볼 수가 없었다.

밤에 쿠쉬 언니가 내 침대로 오더니, 일어나 앉아 보라고 말했다. 언니는 나의 짧은 단발머리를 땋았다가 풀었다가 하기 시작했다. 그것은 내게 졸음을 불러왔다. 언니는 나더러 가서 양치를 하라고 했고, 내가 돌아오자 다시 머리를 만지기 시작했고, 나는 그 사이에 잠에 빠져들었다.

**웨스턴레인에서** 아빠는 예전에 비해 코트에 좀 더 자주 들어왔다. 나는 아빠가 나를 자세히 관찰하고 있다고 느꼈다.

한번은 발리샷을 치고 있었는데, 어깨가 뻐근했다. 나는 서둘러 팔을 내렸고, 드라이브샷을 치기 시작했다.

"준비 운동을 제대로 해야지." 아빠가 코트의 뒷편에서 말했다.

"준비 운동 했어요."

아빠가 앞으로 나왔고, 아빠의 입김에서 텁텁한 냄새가 났는데, 나는 아빠가 그것을 못 느낀다는 것이 놀라웠다. 곧 나는 그것이 아빠의 입냄새인지, 내것인지 확신할 수가 없었다.

"뭘 하고 싶니?" 아빠가 말했다.

"경기요." 내가 말했다. 아빠의 대답이 없었고, 아빠의 얼굴에 피곤함이 역력했기 때문에, "고스팅 연습을 해도 되구요."라고 나는 말했다.

아빠는 발코니를 향해 계단을 올라갔다. 나는 발로 공을 차서 틴* 쪽으로 밀어 넣고 기다리고 있었다. 아빠가 아무 말도 없길래 돌아보았다.

"뭘 해야 하는지 알지?" 아빠가 발코니에서 말했다.

나는 라켓 헤드를 떨구었다. 아빠는 나 혼자서 고스팅을 하라는 것이었다.

나는 코트 앞쪽으로 가서 가방에서 타이머를 꺼냈다. 시간을 맞춘 뒤, 티존에 섰다. 나는 앞벽의 빨간색 서비스라인을 바라보았다. 나는 뒤돌아서 아빠를 바라보려는 욕구를 억눌렀다. 지시가 없이 고스팅을 할 때는 정신적으로 지극히 어렵다. 시작도 시작이지만, 계속하기는 더 어렵다. 아빠는 이것을 알고 있었다. 아빠는 알고도 이렇게 하고 있었던 것이다.

타이머가 울었다. 라켓을 세워 들고, 코트 뒤쪽으로 첫발을 재빨리 내디뎠다. 삼십 초 동안 포핸드 쪽을 고스팅하고, 티존에서 십 초 쉬고 나서 속도를 높였다. 나는 코트의 앞쪽으로 이동하기 전 백핸드 쪽을 똑같이 연습했고, 그러고 나자 리듬 같은 것이 생겼다.

네다섯 번째 반복 연습을 하다가 벽에 부딪혔다. 일곱 번째 반복을 하고 나자 아빠가 그만 하라고 말하는 소리가 들렸다. 현기증이 느껴졌고, 모든 게 떠다니기 시작했다. 타이머 소리가 들리지 않았다. 코트 안에서 무슨 일인가가 일어나고 있었다. 스윙이 깔끔하게 호를 그렸다는 신체적 감각은 지속적으로 느껴졌지만, 공중에서의 내 라켓은 불안하게 움직이고 있었다. 라켓 주위로 공기가 뒤틀렸고, 나는 계속해서 몸을 내뻗고 있었다.

"그만."

나는 어떻게 멈춰야 할지를 몰랐다.

아빠의 손이 내 어깨를 잡았다. 아빠는 내가 꽉 쥐고 있는 라켓을 떼어 내면서, 내 앞에서 몸을 웅크리고 있었다.

"그만해도 돼." 아빠가 말했다.

아빠는 라켓을 바닥에 가만히 내려놓았다. 아빠는 정말 피곤해 보였다.

"피곤해요." 내가 말했다. 내 심장이 거세게 뛰었다.

"알아."

아빠가 일어나서 코트 앞에 있던 내 물건들을 챙겼다. 문 앞에 닿았을 때, 아빠는 거기 잠시 서 있었다. 나는 내 라켓을 집어들었다. 나는 아빠의 숨소리를 들었고, 손에 쥔 라켓의그립을 느꼈다.

그리고 곧 내 심장이 아닌 다른 무언가가 천천히 뛰는 소리가 어디선가 울려왔다.

그것은 묵직한 소리였다. 낮고, 익숙한 소리였다. 내 안인 듯도 했고, 밖인 듯도 했다.

게드였다.

그가 옆 코트에서 공을 치고 있었다.

나는 우리 코트와 그의 코트 사이의 벽을 쳐다보았다. 나는 아빠를 쳐다보았다. 아빠가 입을 뗐다. 아빠가 무슨 말을 하기 전에 나는 라켓을 내려 쥐고 아빠에게로 다가갔다. 코트를 나오며 아빠가 문을 닫았다. 게드는 여전히 옆 코트에서 연습을 하고 있었다.

"물 마실래?" 아빠가 물었다.

"아뇨."

아빠는 내 가방을 자신의 어깨에 걸쳤다.

"차에서 기다릴게." 아빠가 말했다. 아빠는 망설이다가 덧붙였다. "젖은 옷을 입은 채로 앉지 마라."

나는 복도에 서 있었다. 나는 게드에게, 그리고 수영장에서 나는 일상적인 소리에 귀를 기울이고 있었다. 마침내 게드가 자신의 코트에서 나왔고, 우리는 벤치에 앉았다.

"잘 지내니?" 게드가 물었다.

"경기를 하고 싶었어."

그는 앞으로 몸을 숙였고, 자기 라켓의 줄을 손가락으로 톡톡거렸다.

"우리 엄마한테는 시간이 필요할 뿐이야." 그가 말했다.

"내가 널 다칠 거라고 염려하시는 거야."

"모르겠어. 아마도 그게 엄마가 염려하는 거겠지."

"나는 안 그럴 거야."

그는 자신의 라켓을 옆자리에 놓았다. "알아." 그가 말했다.

아주 확신에 찬 목소리였다.

그가 나를 보려고 고개를 돌렸다. 이층에서 막서드 아저씨의 목소리가 들려왔다. 나는 일월에 있을 더럼&클리블랜드를 생각했다. 나무마다 새빨간 열매들이 달리고, 지붕마다 서리가 반짝이는 풍경을.

"우리 학교에서는 컴퓨터 게임을 해." 내가 말했다. "〈오리건 트레일〉이라는 게임이야. 우리는 마차를 타고 미주리에서 오리건까지 여행을 하는 개척자들인데, 성공할지 못할지는 몰라. 우리가 음식이며 무기들을 결정해야 해. 요새에 가서 물자를 사고 팔고, 사냥을 하고, 강을 건너면, 컴퓨터가 우리가 어떻게 하고 있는지를 말해 줘. 어떨 땐 눈도 와. 누군가가 죽으면 묘지 장면이 나와."

내 손은 게드의 손에 쥐어져 있었다. 내 손바닥에 그의 엄지 손가락이 느껴졌다.

나는 그에게 좀 더 이야기를 하려고 했다. 우리는 일 년 동안 그 게임을 해야 하지만, 담임 선생님이 그 게임을 싫어한다는 이야기도 하려고 했다. 선생님은 게임으로는 우리를 충분히 가르칠 수 없다고 생각했다. 선생님은 곧잘 게임을 중단시켰고, 북미 원주민 인디언들의 삶을 들려줄 수 있게 컴퓨터를 끄라고 했다. 선생님은 인디언 추장들과, 그들이 자신들의 땅을 포기하기로 했던 조약들에 관한 책을 갖고 있었다. 선생님은 그들이 왜 그런 조약들을 맺었는지 우리가 이해하려고 노력하기를 바랐다. 선생님이 인디언에 대해서 이야기할 때마다 몇몇 아이들이 자신들의 자리에서 나를 돌아보았다. 나는 그 아이들이 바라보는 가운데 얼굴을 붉혔고, 그것은 그들이 그 무엇을 상상했건 보다 확신하게 만들었다. 추장들에 대한 선생님의 책은 게임보다 훨씬 슬펐다. 그중에서도 '블랙 엘크'의 이야기가 가장 슬펐다. "그 당시에는 얼마나 무너져 버렸는지 몰랐다. 지금 내 나이에 이르러서 되돌아 보니… 종족의 고리가 끊어져 산산조각이 나 있는 게… 보인다." 블랙 엘크는 말했다. 나와는 아무런 상관이 없었지만 그 이야기는 나를 너무 슬프게 만들어서 나는 내 자리에서 엉엉 울기 시작했고, 선생님은 책읽기를 중단해야만 했다.

나는 금방이라도 눈물이 나오려고 했다. 아마도 나는 계속 이야기를 했었어야 했다. 왜냐하면, 말을 않고 있으니까, 유원지에서 모나 언니가, 게드와 게드 엄마가 우리 삶으로 들어온 것은 오로지 엄마가 돌아가셨기 때문이라고 말했던 것이 생각나기 시작했기 때문이었다.

나는 엄마 얼굴을 기억하려고 노력했다. 코트의 텅 빈 벽을 바라보았다.

나는 게드의 손에서 손을 빼지 않았고, 내 죄책감은 하늘만큼이나 커졌다.

밖에서 아빠는 게드 엄마와 함께 차 옆에 서 있었다. 아빠는 달리기 트랙 건너편의 나무를 향해서 그녀에게 뭔가를 가리키고 있었고, 그녀는 미소를 짓고 있었다. 그들은 담배를 꺼냈다.

"안녕, 귀염둥이." 게드 엄마는 말했다.

내가 바로 대답을 하지 않자, 그녀는 우리 발 앞에 깔린 자갈을 바라봤다. 그녀가 언짢게 생각한다는 것이 보였다.

나는 오른손에 들고 있었던 라켓을 왼손으로 옮겨 쥐고, 그녀에게로 다가섰다.

"제발요, 저는 정말 게드와 다시 경기하고 싶어요." 내가 말했다.

게드 엄마는 눈을 들어 내 눈을 봤다.

"안 된단다, 애야." 그녀가 말했다.

"제발요."

아빠는 내게서 라켓을 받아서 차에 집어 넣으려고 트렁크 쪽을 향했다.

"애야." 게드 엄마가 말했다. 친절하면서도 슬픈 목소리였다. "네 아빠의 얼굴을 보렴."

아빠 턱의 멍은 아직도 어둡고 누런 색이었다. 빛에 따라 병든 듯한 녹색이기도 했다. 게드 엄마는 정말 부드럽게 말했고, 꼭 나한테 사정이라도 하는 듯했는데, 내가 이해해주기만을 바랐던 뿐이라는 것은 알았지만, 그녀의 말은 나한테는 너무 가혹하게 들렸고, 아마도 그녀도 느꼈는지 손을 내밀고는 "미안해, 애야."라고 말했다.

"게드를 다치게 하지 않을 거예요." 내가 말했다.

"나도 네가 그럴 거라고 생각하지는 않지만, 나도 모르겠구나."

그녀는 아빠를 쳐다보았고, 나는 아빠가 우리 둘을 바라보고 있음을 느꼈다. 게드 엄마는 손을 주머니에 집어넣고 안으로 들어갈 준비를 했다. 그녀는 내가 원했던 유일한 것을 거절했지만, 주차장에 서 있는 동안 나는 그녀가 좋은 사람이라는 생각이 자꾸만 들었다.

"가실 필요 없어요." 내가 그녀에게 말했다.

그녀의 눈에 눈물이 고여들었다. 그녀는 내게 미소를 지었다. 그녀가 시계를 보았다.

"들어가야 할 시간이란다."

그녀는 아빠에게 인사를 하고 나서 내게도 안녕이라고 말했다.

아빠와 나는 차를 탔고, 도로에 나와서는 몸을 돌려 웨스턴레인을 돌아보았다. 스포츠 센터는 어두운 잿빛 하늘 아래에서 노란 불빛에 잠겨 있었다.

**그날 밤 다시** 라디에이터가 쿵쿵거리는 소리가 났다. 추웠다. 언니들은 일찍 잠자리에 들었고, 나는 아빠와 거실에 앉아서 발라 아저씨의 비디오를 보고 있었다. 아빠는 엄마 의자의 맞은편에 놓인, 텔레비전을 향한 편안한 의자에 앉아 있었고, 나는 소파의 한쪽 끝에 앉아 있었다. 아빠가 나를 힐끔힐끔 보았다.

"누군가 이야기할 수 있는 사람이 있다는 것은 좋은 일이지." 아빠가 마침내 말했다.

나는 텔레비전에서 눈을 떼지 않았다.

"뭐에 대해서요?" 내가 말했다.

아빠가 나와 게드에 대해 말하고 싶은 것인지, 자신과 게드 엄마에 대해 말하고 싶은 것인지는 몰랐지만, 나는 둘 다 이야기하고 싶지가 않았다.

아빠는 텔레비전 소리를 낮추었다.

나는 아빠가, 내가 아빠를 바라봐 주기를 기다리고 있다는 것을 느꼈고, 내가 그렇게 했을 때는 내 표정에 무언가 끔찍한 것이 있었던 것이 틀림없는데, 왜냐하면 아빠의 눈 뒤쪽에서 어떤 절뚝거리고 상냥한 존재가 뒤로 물러나는 듯했기 때문이다.

아빠는 당황해 하다가 대답을 했다.

"무엇에 관해서 말하는지가 항상 중요한 것은 아니란다." 아빠가 말했다.

나는 속으로 아빠와 동의하고 있는 나를 느꼈다. 그리고는 아빠가 우리 위의 발코니에 서서 게드 엄마에게 자신을 두려움에 사로잡히게 만드는 것들에 대해서 말하고 있었을 때, 뱃속을 차갑게 콕콕 찔러대던 그녀의 레모네이드를 떠올렸다.

"그런데 가끔은 중요한가요?" 내가 말했다.

그때는 몰랐다. 아빠의 눈 뒤에서 절뚝거리고 있던 존재를 내가 조심했어야 한다는 것을 말이다. 그 대신 나는 아빠를 붙들고 있는 그 존재가 떠나가고 있다는 것을, 그리고 만일 그것이 떠나면, 우리 거실과 우리집과 웨스턴레인과 우리가 알았던 모든 것이 그것과 함께 떠나갈 것이라는 느낌을 생각하고 있었다.

"엄마가 기억나세요?" 내가 물었다.

이층에서 언니들이 욕실과 침실 사이를 오가면서 문이 여닫히는 소리가 들려왔다. 아빠의 표정은 굉장히 어두워졌다가 곧 창백해졌다. 아빠가 텔레비전의 볼륨을 높였다. 우리는 침묵 속에서 화면 속의 경기를 보고 있었다. 나는 몸에 기운이 빠져서 거의 쓰러질 것만 같았다. 문득 나는 모든 것을 잊고 그냥 아빠와 경기에 대해서만 이야기하고 싶어졌다.

자한기르 칸이 카마르 자만과 시합을 하고 있었다. 자만은 그 누구보다도 공을 잘 치는 선수였다.

1975년 브리티쉬 오픈에서 자만을 만나기 전까지만 해도, 제프 헌트가 자신의 도전자로 생각한 남자 선수 명단에 자만의 이름은 없었다. 자만과의 경기를 치르고 난 뒤, 헌트는 "할 말을 잃었습니다."라고 말하며, 패배자로서 코트를 떠났다. 그것은 대서특필되었고, 막서드 아저씨는 그 기사를 보관해 두었다가 나와 게드에게 보여 주었다. 우리집 텔레비전에서는 자한기르 칸이 카마르 자만에게 세 경기를 모두 이기게 된다.

"아빠."

아빠는 계속 엄마의 의자를 보고 있었다.

나는 아빠에게 엄마가 기억나냐고 물었고, 나 역시 기억하려고 노력했지만, 기억나는 것이라고는 모두가 사소한 일들뿐이었다. 엄마의 키. 의자 팔걸이에 걸쳐 앉은 엄마의 팔꿈치. 먼지로 까맣게 더럽혀진 엄마의 발바닥.

"올라갈게요." 내가 말했다.

아빠는 고개를 돌렸는데, 내가 아니라 텔레비전 쪽을 향해서였다. 가끔씩 카마르 자만이 경기를 할 때면, 그의 타격은 너무나도 완벽하고 기발한 나머지 우리가 무슨 생각을 하고 있었는지를 잊어버리게 만들 수도 있었다.

**어둠 속 이층에서,** 언니들과 나는 잠을 깬 채 조용히 침대에 누워 있었다. 아빠는 텔레비전을 껐거나 무음으로 해 두었던 것이 틀림없었는데, 왜냐하면 아빠 목소리 말고는 아래층도 조용했기 때문이었다. 이따금씩 아빠의 목소리가 들렸다. 그 소리는 우리 방 바로 아래의 거실에서 들려왔고, 따라서 아빠는 복도에 있는 전화 수화기 너머의 상대방이 아닌, 방안에 함께 있는 누군가에게 이야기를 하고 있었다.

나는 고개를 들었다. 나는 침대 속 이불 더미 사이로 쿠쉬 언니가 창백한 얼굴을 내밀고 있는 모습을 보았다.

나는 한쪽 팔꿈치를 괴고 일어났다. "내 생각에는 아빠가…"

"쉿." 모나 언니가 금방이라도 내려올 듯이 윗쪽 침대에서 몸을 일으켰다.

"뭐야?" 쿠쉬 언니가 내게 속삭였다.

"내 생각에는… 모르겠어." 내가 말했다.

"너는 알잖아. 아빠가 너한테 뭐라고 하셨어?"

언니의 목소리가 내가 좋아하지 않는 방식으로 나를 밀어붙이고 있었다.

"아무 말씀도 안 하셨어."

"뭔가가 있었던 게 분명해." 언니가 말했다. "네가 화를 내는 걸 우리도 들었어."

"우리는 그냥 경기를 보고 있었어." 내가 말했다.

나는 다시 베개를 베고 누웠다. 언니들과 나는 아래층에서 나는 소리를 듣고 있었다. 나는 눈을 감았다. 나는 엄마가 계단을 올라오는 것을 상상해 보려고 했다. 우유 냄새가 나는 엄마의 숨소리가 방으로 들어오는 것을 상상해 보려고 했다. 우리에게 자라고 말하는 엄마의 목소리. 그렇지만 그 소리는 아무데도 와 닿지 않았다. 왜냐하면 거기 어둠 속에서는, 이 모든 것을 떠나서 단순하게도, 내 손바닥 위에 남은 누군가의 엄지 손가락만이 느껴졌기 때문이다.

우리들 중 아무도 그날 밤은 물론 그날 밤 이후로는 단 한번도 아빠에게 내려가지 않았다.

우리는 우리집에서 엄마의 존재감을 지각하기 시작했다. 그것은 엄마를 경험해서가 아니라(소리도, 손길도, 공기 중의 변화도 없었다), 아빠의 관심을 통해서였다. 아빠의 눈빛이 밝아졌다. 아빠는 물건들을 물끄러미 바라보곤 했고, 우리는 아빠의 관심이 엄마에게 있다는 것을, 아빠가 엄마에게 귀기울이고 있다는 것을 알았다. 가끔씩은 텔레비전을 보느라고 잊어버릴 때도 있었지만, 다시 기억이 나면 아빠에게 찾아오던 변화를 우리는 함께 지켜보았다.

아빠는 우리가 자러 가는 것을 기다리고 있다고, 우리는 느꼈는데, 우리가 가기를 원해서인지 혹은 원치 않아서인지는 우리도 알 수 없었다. 우리는 아빠와 함께 아래층에 있는 편이 나을지도 모르겠다고 생각했지만, 어느 날 밤 우리가 의도적으로 아빠와 함께 있다는 것을 밝히자, 아빠는 우리만 거실에 남겨놓고 그냥 일어나서 방으로 올라가 버렸다.

우리는 있던 그대로 텔레비전 앞에 앉아 있었다. 우리는 잠들지 않으려고 노력했다. 이층에 올라가고 싶었지만 움직일 엄두가 나지 않았다. 마침내 내가 쿠쉬 언니한테 혹시 언니는 엄마를 볼 수 있냐고 물었다. 언니는 고개를 저었다.

"그건 엄마가 아니야." 언니가 말했다.

어느 날 학교가 파한 뒤, 모나 언니가 자신이 일하던 미장원에 함께 가자고 졸랐다. 매니저는 교복 차림의 언니와, 언니와 함께 있는 우리를 보고 놀라고 당황한 듯 보였다. 그는 회색과 노란색인 우리의 타이를 뚫어져라 바라보고 있었다. 모나 언니는 머리를 자르고 싶다고 그에게 말했다. 언니가 미장원에 가고 싶은 이유를 전혀 설명하지 않았기 때문에, 우리도 놀랐다. 우리는 그저 언니가 다시 일자리를 구하고 싶다거나 받을 돈이 있다고 생각했었다. 이제껏 우리 중 아무도 미장원에서 머리를 잘라본 적이 없었다. 매니저는, 모르겠는데, 하고 말했다. 낮고 불안한 목소리였다. 언니는 단지 머리를 자르고 싶다고, 그게 다라고 말했다. 매니저가 우리를 안쓰러워 하는 것은 분명해 보였지만, 그러나 자신의 모든 서류 업무를 처리했던 모나 언니가 고작 미성년의 학생이라는 것을 보는 것이 그로서는 창피스러웠던 것이다.

모나 언니의 머리가 감기고, 다듬어지고, 마무리되는 동안 쿠쉬 언니와 나는 창가의 소파에 앉아서 가만히 지켜보았다. 매니저가 직접 도맡아서 진행했다. 그는 아주 느리고 조심스러웠다. 언니는 줄곧 거울을 보고 있었다. 언니는 울음을 참고 있었다. 다 끝나자 매니저는 언니의 어깨에 떨어진 머리카락을 재빠르고도 가볍게 털어냈다. 그러고 나서 언니와 매니저는 계산대로 함께 갔다. 언니가 그에게 지불할 돈을 찾느라 책가방 속을 더듬자, 매니저는 다시금 민망해 하는 것 같았다. 그는 돈을 계산대에 챙겨 넣었다. 언니는 그가 자신의 시선을 받아줄 때까지 잠자코 기다렸고, 마치 그가 특별한 일이라도 해 준 것처럼 고맙다고 말했고, 그는 고개를 끄덕였다. 그는 우리와 함께 문까지 나왔고, 우리가 길을 따라 걸어가는 동안 거기에 서 있었다.

아빠는 일하러 다닐 때처럼 아침 일찍 일어나서 오전 여덟 시에 집을 떠났다가 우리가 집에 오고 나서야 집으로 돌아오기 시작했다. 모나 언니는 아빠가 그중 얼마 동안은 정말 일을 한다는 것을 확인했다. 우리는 나머지 시간 동안에는 아빠가 밖에서 돌아다닌다고 상상했다. 아빠는 손이 꽁꽁 얼고 어깨에 서리가 맺힌 채로 집으로 돌아왔다. 아빠의 표정이 달라졌다. 주전자에서 뜨거운 물을 부을 때, 가끔씩은 손을 떨었다. 모나 언니는, 결국 아빠가 무너져서 거실에서 엄마를 본다고 누군가에게 말을 하게 될까 봐 걱정했다. 언니는 전화벨이 울릴 때마다 전화로 달려갔다. 누가 전화하더라도 아빠는 안 계시다고, 아빠는 일하러 가셨다거나 다른 일로 바쁘시다고 말하기 위해서였다.

그렇지만 나는 아빠가 아무에게도 아무 말도 하지 않을 것이라는 것을 알고 있었다. 왜냐하면 아빠는 철저히 혼자였기 때문이었다.

나는 언니들이 자러 가고 나서도 아빠와 함께 있기 시작했다. 아빠와 나는 발라 아저씨의 비디오를 틀어 놓고 거실에 앉아 있었다.

"그만하실 수는 없나요, 아빠?" 나는 아빠에게 속삭였.

나는 아빠가 들을 수 있을 거라고 생각하지 않았다.

나는 혹시 아빠가 기억하는 것을 그만둘 수 있는지, 혹시 웨스턴레인으로 다시 돌아와서 발코니 위에서나 아빠가 원하는 어디에서든지 게드 엄마와 이야기를 나눌 수 있는지, 혹시 모든 것이 예전처럼 될 수 있는지를 물어보려고 노력하고 있었던 것 같다.

마침내 어느 날 밤 아빠는 시선을 엄마 의자에 고정한 채 말했다. "못 하겠어."

나는 아빠가 대답해 주려고 노력한 쪽이 나였는지, 엄마였는지 알 수가 없었다. 나는 유원지에서 본, 파리들이 머리 주변을 맴돌던, 발굽이 가려운, 슬픈 말을 떠올렸다. 아빠는 몸을 일으키기 위해 의자의 손잡이를 단단히 붙잡아야만 했고, 그조차도 힘들다는 것이 확연했다. 아빠는 이층으로 올라갔다. 나만 혼자 거실에 남겨둔 채로.

    아빠가 고쳐야 했었던, 엄마 의자의 다리 중 하나는 다른 다리들에 비해 어두운 색이었다. 나는 어느 다리인지 잊어버렸고, 그 차이가 미미해서 텔레비전의 불빛만으로는 어느 것인지 구분할 수 없었다. 나는 재빨리 일어나서 불을 켜고, 온기를 유지하기 위해서 문을 닫으며 거실 밖으로 나갔다. 나는 조용한 복도에 서서 파반 삼촌에게 전화를 걸었다.

일곱

아빠는 선수에게는 밖으로부터의 도움이 필요할 때도 있다고 말했다. 이것은 부분적으로는 선수가 코트에서 일어나는 모든 일을 볼 수가 없기 때문인데, 자한기르 칸은 이것을 잘 알고 있었다는 것이다. 자한기르가 카마르 자만을 상대로 경기를 펼쳤던 1980년 카라치에서의 경기에서, 자한기르의 코치였던 라흐맛은 카마르 자만이 치는 모든 공을, 하나씩 하나씩 코트의 뒤쪽으로 길게 받아치라고 조언했다. 자한기르는 겨우 열여섯 살이었다. 긴장한 자한기르는 첫 게임을 카마르 자만에게 내주고 말았고, 카마르 자만이 다시 두 번째 게임까지 이기자, 라흐맛은 자한기르에게 이제 결과는 걱정하지 말고, 다만 마지막 훈련 기간 동안 그가 연습했던 것을 카마르 자만에게 보여주기만 하라고 말했다. 세 번째 게임과 네 번째 게임은 카마르 자만이 내리 졌다. 다섯 번째 게임에서는 카마르 자만이 반격에 나섰고, 이윽고 점수는 6 대 6이 되었다. 라흐맛은 열여섯 살의 자한기르에게 침착하라고 말하며 꼭 쥔 주먹을 보여 주었고, 카마르 자만의 포핸드가 무너지고 있다는 것과 그쪽을 공략해야 한다는 것을 지적했다. 자한기르는 코치의 지도에 따랐다. 이에 대응하던 카마르 자만은 계속해서 틴을 맞혔고, 결국 이번에는 만회하지 못했다. 자한기르 칸은 이 모든 것을 책을 통해서 밝혔다. 나는 그와 라흐맛이 기록에 남길 만큼 중요한 것을 고르느라고 모든 것을 반복해서 재검토하는 장면을 상상해 보았다.

**그들이 도착했을 때** 우리는 부엌에 있었다. 복도에서는 마치 자신들의 도착을 알리는 뱃고동 소리처럼 란잔 숙모의 목소리가 들려왔고, 언니들은 놀라서 서로서로와 나를 잇달아 쳐다보았다. 모나 언니가 손을 씻으려고 자리에서 일어났다. 란잔 숙모가 아빠와 삼촌을 이끌고 들이닥쳤을 때, 언니는 행주에 손을 닦고 있었다.

숙모가 부엌에 들어오자마자, 우리는 부엌에 없는 것이 얼마나 많은지를 깨달았다. 뜨거운 음식, 통조림, 음식물 보관 용기는 물론, 아무런 흔적이나 온기조차도 없었다. 그것은 단지 우리가 손님을 맞을 준비가 되어있지 않다는 것만이 아니었다. 모든 것을 다 이야기하고 있었다.

란잔 숙모는 상황을 파악하는 동안 아빠를 내버려 두었다.

"우리가 온다는 걸 아이들에게 말씀하지 않으셨군요." 숙모가 말했다.

아빠가 자리에 앉았다.

"죄송해요, 숙모." 모나 언니가 말했다. "우리 잘못이에요. 교통체증 때문에 늦게 도착하실 거라고 생각했어요. 시장하세요?"

쿠쉬 언니와 나는 란잔 숙모와 파반 삼촌이 아빠와 함께 앉을 수 있게 자리에서 일어났다. 란잔 숙모가 모나 언니를 미심쩍다는 눈으로 바라보았다.

"지금은 차 한 잔이면 되겠구나."라고 말한 뒤 숙모는 나에게 우리 방과 아빠 방에서 의자 하나씩을 가져오라고 시켰다.

전화 통화가 거의 끝나갈 무렵쯤, 나는 삼촌에게 아빠가 거실에서 엄마에게 이야기를 한다고 말했다. 나는 그것이 나 때문이었고, 이제는 아빠한테 옮아갔다고 말했다. 삼촌은 아무 말이 없었다. 잠시 뒤 삼촌은 전화가 놓인 테이블 위의, 물컵과 같은 무엇인가를 한쪽에서 다른 쪽으로 옮겨 놓았고, "내가 너희들 숙모한테 얘기를 해야만 한다는 걸 알지?"라고 말했다. 삼촌은 이것을 염려했다는 것을 느낄 수 있었다. "네, 괜찮아요. 알아요." 내가 대답했다.

차를 마시면서도, 그리고 나중에 숙모가 우리집 스토브 위에서 파라타 빵을 굽고, 한밤중이 될 때까지 저녁 식사를 차려 내는 동안에도, 나는 숙모가 아빠에게, 내가 삼촌에게 와달라고 부탁을 했다고 말하기를 기다렸지만, 숙모는 그 말을 하지 않았다. 숙모는 거의 말이 없었다. 숙모는 아빠의 표정을 살피고 있었고, 거실로 들어갈 때마다 파반 삼촌도 함께 들어오게 했다. 우리 역시 아빠를 관찰했다. 우리는 아빠가 파반 삼촌이 가까이 있어서 위안을 얻고 있다는 것을 목격했다.

저녁을 먹고 손을 씻으러 화장실에 갔다가 나오면서 거실로 들어서는 문간에서, 너무나도 우울하고 실의에 잠긴 표정으로 서 있는 파반 삼촌을 만나는 바람에, 나는 삼촌에게 가서 걱정하지 말라고, 엄마는 돌아오실텐데, 그러기에는 그냥 사람들이 너무 많은 거라고 말하고 싶었다. 하지만, 내 머릿속에서는 그건 엄마가 아닐 거라던 쿠쉬 언니의 목소리가 들려왔고, 나는 그냥 부엌으로 들어가 버렸다.

아빠와 파반 삼촌은 아빠 방에서 자고, 란잔 숙모는 우리와 함께 우리 방에서 잘 예정이었다. 언니들과 나는 늦게까지 깨어 있을 궁리를 했다. 우리는 숙모에게 사프란과 설탕을 넣고 우유를 데워 달라고 부탁했다. 모나 언니가 차 봉지들 뒤에서 사프란을 찾았다. 쿠쉬 언니는 카드 게임을 꺼냈고, 우리가 몇 차례 게임을 하고 나자 숙모는 너무 피곤하다며, 컵을 그냥 개수대에 두지 말고 씻어 두라고 말하고는 자러 올라갔다. 언니들과 함께 부엌에서 파반 삼촌과 아빠가 이야기하는 것을 듣고 있었는데, 곧 삼촌이 외투와 장화 차림으로 우리에게로 오더니 아빠와 산책을 나간다고 이야기해 주었다. 우리는 삼촌이 우리에게 이제 자라고 이야기하기를 기다렸지만, 삼촌은 잠시 그냥 서 있다가 돌아서서 아빠 코트를 가지러 복도로 나갔다.

우리는 물 한 잔씩을 따른 뒤 아래층에서 시간을 보냈지만, 어느 시점에서인가 이층으로 올라가서 침대로 들어가 잠에 빠져들었던 모양이었다. 우리가 일어났을 때는 환하게 밝았고, 부엌에서 란잔 숙모와 아빠가 이야기하는 소리가 들려왔다.

우리는 양치질과 세수를 한 뒤에 아래층으로 내려갔다.

거실에서는 강한 향 냄새가 나고 있었다. 모나 언니는 우리와 함께 문 옆을 지나치면서 얼굴을 찌푸렸는데, 우리가 안을 들여다 보았을 때는 창문이 다 열려 있었고, 거실장 위에 못 보던 툴시* 화분이 하나 놓여 있었다.

    아빠와 숙모는 식탁에 앉아 있었다. 아빠는 정장 차림으로 커피 잔을 손에 쥐고 있었다. 아침 식사가 차려져 있었고, 라디에이터가 모두 다 돌아가고 있어서 훈훈했다. 숙모는 우리에게 아침 인사를 하면서 자리에서 일어났고, 자신들은 이미 식사를 마쳤으며, 아빠와 삼촌이 난방을 고쳐 놓았다고 말했다. 숙모는 정원에 있는 삼촌에게로 나갔다. 우리 셋은 라디에이터 앞에 서려고 하나같이 달려갔다. 몸을 라디에이터에 기대자 허탈감이 느껴졌고 다리를 데거나 말거나 신경도 쓰이지 않았다. 아빠는 잠자리에 들 수 있었던 것 같지는 않았지만, 샤워도 하고 면도도 하고 있었다. 아빠는 우리를 주의 깊게 보고 있었다. 우리는 란잔 숙모가 만들어준 음식을 먹기 위해서 식탁에 앉았다. 우리가 식사를 마치자, 아빠는 나더러 짐을 챙기라고 했다. 웨스턴레인에 간다는 것이었다.

    아빠와 나, 둘만이었다. 아빠는 코트 밖에서 외투 차림으로 서서 나를 지도했다. 아빠는 몸이 따뜻해질 때까지 몇 분 정도 달리기를 하라고 했다. 그 뒤에는 나만의 연습을 계획해 보라고 했다. 나는 연습을 간단하고 천천히 유지했다. 드라이브를 몇 번 치다가, 드롭으로 이어갔다.

    "좋아." 아빠가 말했다. 아빠의 목소리가 어떤 감정을 느낀 듯 굵게 잠겨 있었다. 아빠는 놀란 듯했다. 나는 아빠를 놀라게 만든 것이 내가 선택한 연습들이었다고 생각했다. 특별한 것이라고는 없는 연습들이었지만, 나는 충분히 잘 해낼 수 있었던 것이다.

나는 연습을 계속했고, 모든 것을 일정하게 유지했다.

몇 번인가의 연습을 더 하고 나자, 아빠가 말했다. "나오렴."

역시 똑같은 굵게 잠긴 목소리였다. 아빠의 목소리는 꼭 나를 덮어 주는 것만 같았다. 우리는 벤치에 앉았고, 나는 가쁜 숨을 가라앉히려고 노력했다.

아빠가 말했다. "너는 삼촌을 좋아하지."

나는 그게 질문인지 아닌지 몰랐다. "저는 삼촌을 아주 많이 좋아해요."라고 나는 대답했고, 아빠의 목소리가 다시 굵어져서 내가 제대로 대답했다는 것을 알았다.

"너한테 힘들었지, 엄마가…"

나는 아빠 바로 곁에 앉아 있었고, 이층에서 문이 열리고 닫히는 소리를 들었다.

아빠는 다시 시도하셨다. "그동안 어려웠던… 어려운…"

"아빠?"

아빠는 아빠 팔에 뺨을 기대게 하고는 내가 편해지도록 조금 더 가까이 옮겨 앉아 주었다. 아빠 외투의 옷감은 까칠까칠했지만 따뜻했다. 아빠가 숨을 쉴 때마다 내 몸도 함께 오르락내리락거렸다.

"네 삼촌과 숙모는," 아빠가 말했다.

아빠가 숨을 들이 쉬자, 우리 몸이 함께 올라갔다. "네 숙모와 삼촌은 너를 데리고 가고 싶어해. 에딘버러에서 함께 살려고 말이야."

나는 꼼짝도 하지 않았다. 내가 만일 움직인다면, 우리를 덮어주던 무언가가 미끄러져 내리기 시작할 것이기 때문이었다.

"…에딘버러에서… 만일 네가…"

아빠가 내 쪽으로 움직이기 시작하자 아빠의 어깨가 쳐졌고, 나는 고개를 들어야만 했다.

나는 아빠가 나한테 결정권이 있다고 말할 거라는 것도, 또한 내가 네, 하고 대답하면 우리가 다시 가까워질 거라는 것도 알고 있었다. 그렇지만 나는 이미 대답을 하고 있었다.

"아빠가 그러셨잖아요. 누군가 이야기할 사람이 있다는 것은 좋은 거라고요." 나는 이렇게 말하고 있었다. "아빠는 파반 삼촌과 이야기했어야 해요. 에딘버러와는 아무런 상관도 없어요. 아빠는…"

나는 손으로 입을 막았다. 아빠가 기침으로 목소리를 가다듬었다.

"네 숙모와 삼촌은 아이들을 갖고 싶어했어. 정말 원했지. 하지만 너도 알다시피 그게 되질… 내 동생은, 네 삼촌은 말이야… 너한테 더 좋을 거야. 너는 여전히 내 자식이란다. 알잖아."

그리고, 불가능하게도, 아빠의 목소리는 다시 한번 더 나를 덮어주었다. 나는 위층 바의 열린 문을 통해서 게드 엄마가 휘파람을 부는 소리를 들었지만, 아빠는 듣지 못했다. 왜냐하면 아빠는 나를 바라보고 있었기 때문이었다. "너는 삼촌 숙모의 자식이면서도 나의 자식인 거야."라고 아빠는 말하면서, "네 결정에 따를 거야."라고 덧붙였다.

나는 머리를 아빠 팔에 다시 기댔다. 이층에서는 의자 다리에 바닥이 긁히는 소리가 났고, 곧 게드의 목소리와 게드 엄마의 진공청소기가 발코니 바닥 위로 왔다갔다하는 진동음이 들려왔다. 나는 졸음이 오는 것을 느꼈다.

"더럼&클리블랜드는요?" 내가 물었다. 위에서 나는 소음이 내 목소리를 삼켰지만, 아빠는 내 말을 들었다. 나는 아빠가 답을 안 했던 것인지, 삼촌에게 물어봐야 한다고 했던 것인지는 모르겠다. 나는 둘 다로 기억한다.

**란잔 숙모는** '파니 푸리' 빵을 만들고 있었다. 숙모는 삼촌을 식료품점에 보냈고, 삼촌은 트렁크 가득 식료품을 사서 돌아왔다. 밀가루 한 포대, 기름 한 통, 쌀, 렌틸콩, 일주일치 야채. 쿠쉬 언니는 란잔 숙모 옆에 서서 스토브를 지키고 있었고, 숙모는 언니에게 프라이팬 속에서 푸리 빵을 알맞은 색으로 구워 내는 것을 가르쳐 주고 있었다. 숙모가 물을 끓이느라 커다란 팬을 세 개나 불 위에 올려놓고 있었기 때문에 창문에 김이 차 올랐다. 숙모는 모나 언니에게는 푸리를 만들 반죽을 밀대로 밀고, 금속 식기의 가장자리로 그 반죽을 잘라서 동그랗게 만들라고 시켰다.

아빠와 내가 들어오자, 숙모가 우리를 바라보았다.

"다녀오셨어요?" 숙모는 우리에게 인사를 한 뒤, 쿠쉬 언니에게 "이제는 네 동생을 가르칠 테니까, 너는 저쪽에서 파니에 쓸 민트를 다져 주렴."이라고 말했다.

쿠쉬 언니는 튀김용 스푼을 접시 위에 올려놓았다. 언니와 모나 언니가 나를 바라보는 것을 보고, 왜 아빠가 나를 데리고 나갔는지를 언니들이 알고 있다는 것을 느꼈다. 나는 숙모가 아빠한테 가서 이야기가 어떻게 되었는지를 묻고 싶을 거라고 생각했지만, 숙모는 있던 자리에 그대로 서서 내게 무엇을 해야 하는지 보여 주었다.

작은 푸리 반죽을 기름 속에 미끄러뜨리자 공이 되어 부풀어 올랐고, 만약 부풀지 않을 경우에는 숟가락으로 가장 자리를 이쪽저쪽으로 살짝 밀어주기만 하면 되었다. 예쁜 갈색이 날 때까지 푸리를 계속 뒤집어 주다가, 색깔이 나면 잠시 기다렸다가 건져 올리면 되는 것이었다. 만약 모두 같은 색으로 튀겨 내려면 집중을 해야만 했다. 내가 푸리를 튀기고 있는 동안에 아빠가 나를 보고 있는 것이 느껴졌다. 아빠는 문틀에 어깨를 기대고 서서, 식탁에 앉아 차를 마시고 있는 파반 삼촌과 이야기를 나누고 있었다. 웨스턴레인에서 벤치에 앉아 있었을 때의 우리 사이에서 내가 느꼈던 것과 같은 친밀감이 느껴졌다. 부엌에서 아빠와 나는 언니들과 란잔 숙모와 파반 삼촌으로부터 동떨어져 있었는데, 그것은 내가 아빠를 떠나갈 것이기 때문이었다.

우리는 한번에 다섯 개씩의 푸리를 각자의 접시에 덜었다. 각각을 하나씩, 숟가락 끝으로 구멍을 내어서 그 속을 우리가 직접 채워 넣어야 했다. 알맞은 크기로 구멍이 생기면, 잘게 썬 감자, 병아리콩, 녹두, 다진 양파, 고수를 조금씩 밀어 넣었다. 그런 뒤, 처트니 향신료를 조금 뿌리고, 푸리가 감당할 만큼 듬뿍 파니 소스를 부어서 몽땅 입으로 가져가는 것이었다. 파반 삼촌은, 푸리가 안팎으로 바삭바삭하면서도 숟가락으로 두드렸을 때 톡하는 소리를 내면서 잘 깨졌기 때문에 우리를 칭찬했다. 아빠는 우리 접시에 푸리를 더 덜어 주었고, 내 컵에는 콜라를 채워 주었는데, 나는 아빠가 준 것 모두를 깨끗이 다 먹었다.

"아빠한테 뭘 한 거니?" 우리는 침대 속에, 란잔 숙모와 파반 삼촌은 아빠와 함께 아래층에 있었을 때, 모나 언니가 속삭였다. 언니는 엎드린 채로 머리를 이층 침대 바깥으로 내민 채로 나에게 말했다. "어른들이 얘기하는 것을 들었어."

쿠쉬 언니는 침대를 빠져나와서 내 침대로 들어왔다. 쿠쉬 언니는 모나 언니의 얼굴을 슬쩍 밀었다. 나는 쿠쉬 언니의 조용한 숨소리를 들었다.

"네가 뭘 했건 상관없어. 네 잘못이 아니야. 너는 삼촌 숙모와 같이 갈 필요가 없어." 언니가 말했다.

"나는 아무것도 안 했어." 내가 말했다.

쿠쉬 언니는 이불 속에서 손을 꺼내어 내 머리카락을 만졌다. 언니한테서 민트와 레몬 냄새가 났다. 나는 울기 시작했다.

"나는 이미 아빠한테 내가 가겠다고 말했어." 내가 말했다.

"너는 마음이 바뀌었어. 언니, 애한테 얘기해 줘."

모나 언니가 침대에서 내려왔다. 언니는 불을 켜고 우리 옆에 무릎을 꿇은 채로 앉았다.

"쿠쉬가 맞아. 네 잘못이 아니야. 갈 필요 없어."

나는 언니들을 바라보았다. 나는 언니들한테 나는 아무것도 하지 않았다고 다시 한번 말하고 싶었다. 나는 내가 뭘 했냐고, 언니들한테 물어보고 싶었다. 나는 코트 차림의 아빠와 나를 덮어주던 아빠의 굵게 잠긴 목소리를 떠올렸다.

"아빠한테 이미 말했어." 내가 말했다.

**아침에 파반 삼촌은** 함께 산책을 가겠냐고 물었다. 삼촌은 내게 길을 고르라고 했다. 우리는 녹지가 조금 있는 고등학교 쪽으로 올라갔다.

"어떻게 생각하니?" 삼촌이 말했다. "우리와 함께 가는 것 말이야. 우리는 네가 오기를 정말 바란단다. 우리는 네가 에딘버러를 좋아할 거라고 생각하거든. 하지만 우리도, 똑같지는 않다는 걸 알고 있어."

"아빠한테 제가 가겠다고 말씀드렸어요." 내가 말했다. "아빠가 삼촌한테 말씀 안 하셨어요?"

"하셨지. 그런데 삼촌은… 우리는… 네가 어떻게 생각하는지를 알고 싶었어."

"저는 잘 모르겠어요."

"우리, 앉을까?"

회전 교차로 한가운데에 벤치가 하나 있었다. 그 주변의 잔디는 길게 자라 있었고 젖어 있었지만, 앉을 자리는 물기가 없었다.

"다행이구나."라고 삼촌은 말하더니, 곧 다시 덧붙였다. "네가 우리한테 정말 소중하다는 건 너도 알잖니."

우리는 차들이 오가는 것을 지켜보았다. 파반 삼촌은 손을 자신의 무릎에 올려놓고 있었다.

"숙모와 나는 집으로 가서 너를 위한 준비를 하려고 해. 네가 오고 싶을 때, 아빠가 데려다 주실 거야."

나는 삼촌이 이 대화를 힘들어 한다는 것을 느낄 수 있었고, 저는 정말 가고 싶었던 거예요, 라고 내가 말하려고 하던 차에 삼촌이 갑자기 말했다. "너, 너희 엄마와 아빠가 우리와 함께 에딘버러에서 살았다는 건 알고 있었니?"

나는 삼촌을 응시했다.

"모나가 태어나기 전이었어. 너희 엄마는 에딘버러를 좋아하셨단다. 산을 좋아하셨거든." 삼촌이 웃었다. "마을 위에 있는 언덕들 말이야. 너희 엄마는 그 언덕들을 산이라고 부르셨어. 엄마는 언덕을 볼 수 있는 곳으로 산책 가는 것을 즐기셨지."

나는 우리가 란잔 숙모와 파반 삼촌 집에 갔을 때 에딘버러에서 돌아다니던 것을 떠올렸다. 엄마는 사리를 입고, 발보다 한참 큰 '닥터숄' 슬리퍼를 신고, 언제나 아빠보다 몇 발자국 뒤에서, 언제나 길이며 보도며 상점 입구를 살피면서, 언제나 우리를 살피곤 했다. 나는 엄마가 우리 없이 걷고 있는 것을 상상해 보려고 했다.

"아, 지금." 삼촌이 말했다. 삼촌은 손수건을 찾고 있었다.

"미안해요." 내가 코를 풀며 말했다. "화가 난 게 아니에요. 그냥 가끔씩…"

"알아." 삼촌이 말했다.

"아세요?"

"응, 왜 모르겠니?"

왜 모르겠니, 나는 혼자서 중얼거렸다. 나는 파반 삼촌의 손수건을 내 소매 속에 밀어 넣었다.

나는 엄마가 산을 좋아한 줄은 몰랐다고 말했고, 삼촌은 잠시 산에 대해서 이야기했다. "아마도 이제는 돌아가는 것이 좋겠네요." 내가 말했다.

파반 삼촌은 땅을 내려다보며 빨리 걸었다. 삼촌에게는 하고 싶었던 이야기가 훨씬 더 많이 있었기 때문이었다. "삼촌, 저기 보세요." 일찍 핀 겨울 들꽃들을 가리키면서 내가 말했다. 삼촌은 쳐다는 봤지만 제대로 보지는 않았는데, 나는 삼촌이 하고 싶었던 말을 막지 말았어야 했다고 후회했다.

**나는 아빠에게** 내가 떠난다고 게드 엄마한테 말해 달라고 부탁했다. 혹시 떠나기 전에 게드와 함께 경기를 할 수 있게 게드 엄마가 허락해 줄지 물어봐 달라고도 부탁했다. 아빠는 게드 엄마와 이야기를 나누었고, 내가 집에 돌아왔을 때 아빠의 표정은 환한 듯했지만, 게드 엄마가 나와 게드가 경기하는 것을 원치 않는다고 말했다. 나는 괜찮다고 말했다. 나는 두 사람한테 가서 작별 인사를 할 계획이었다. 아빠는 현관에 서서, 내가 가방과 라켓을 자전거에 싣는 것을 보고 있었다.

게드는 벤치에 앉아 있었다. 내가 본 적이 없는 어두운 색상의 티셔츠 차림이었다.

밖에서는 해가 아주 낮게 걸려 있었다. 안으로 들어가자 문에 달린 창을 통해 복도가 오렌지색으로 빛나던 것이 기억난다. 게드가 자리에서 일어났고, 그의 모습에 내 가슴 속이 텅 비면서 통증으로 멍이 들었던 것도 기억난다.

그는 벤치에서 라켓을 집어 들었다. 그가 나를 바라보았다. 그러더니 돌아서서 코트로 들어갔다. 나는 깊고 느리게 심호흡을 했다.

나는 라켓을 꺼내어 들었다.

우리는 피곤하기도 하고 어색하기도 했다. 우리는 샷마다 정확하게 치려고 노력하면서 의도적으로 느린 공들을 주고받았다. 우리는 모든 것을 늦추고 싶었다. 발을 헛디뎌 공을 못 맞힐 때도 있었지만 상관없었다. 왜냐하면 우리는 함께 경기를 하고 있었기 때문이었다. 나는 게드 엄마가 우리를 중단시키려고 발코니로 나오는 것이 자꾸만 생각났다.

경기가 끝나고 나서도 내 심장은 널뛰기를 멈추지 않았다. 우리는 옆벽을 바라보면서 가쁜 숨을 몰아쉬며 서 있었다.

"날 만나러 에딘버러에 올 거야?" 내가 물었다.

"그럼."

"기차역에서 기다릴게. 에딘버러 성에 가자. 그리고 산에도. 그리고 더럼&클리블랜드가 있잖아. 파반 삼촌이 나를 데려가실 거야. 내가 삼촌한테 부탁만 하면 돼."

"그렇다면, 너는 에딘버러에 가고 싶은 거야?"

"아니."

우리는 벽에 묻은 공자국들을 봤다. 늦은 오후의 햇빛이 그 자국들을 빛바랜 오렌지색과 핑크색으로 바꿔 놓았다.

"그 동굴들 같은 걸."라고 게드가 말했고, 나는, 우리가 이렇게 있을 수만 있다면, 하고 생각했다.

오렌지색과 핑크색은 점점 희미해지더니 회색이 되었다.

게드는 복도로 나갔다. 몇 초 후, 다른 쪽 코트에서 공이 울리는 메아리 소리가 들려왔다. 나는 게드 엄마에게 작별 인사를 하러 위층으로 올라갔다. 그녀는 나를 안아 주었고, 언제라도 만나면 반가울 거라고 말했다.

테이블에 앉아서 술을 마시고 있던 막서드 아저씨를 보았다. 나는 아저씨에게로 다가가서 떠난다고 말했다.

"알아." 아저씨가 말했다.

나는 미안한 마음이 들었다. 아저씨에게 인사하러 따로 찾아오지 않았기 때문이었다.

아저씨는 외투 주머니에 손을 집어 넣어서 유리로 만든 푸른 구슬 하나를 꺼냈다.

"네 거야." 아저씨가 말했다.

구슬은 예뻤다. 파란 얼음으로 만든 공 같았다. 안에는 하얗게 얼어붙은 소용돌이 두 개가 있었다.

"감사합니다. 삼촌." 나는 구슬을 손바닥에 쥐고 서서 말했다.

"고맙다는 인사는 필요 없어." 막서드 아저씨가 어색해 하며 말했다. "알 것 다 알 만한 사람들이 저기 밖에서 정말 느릿느릿 공을 치고 있더라."

"보고 계셨어요?" 내가 속삭였다.

막서드 아저씨의 얼굴은 온통 빨간색이었다. 아저씨는 화가 난 것같이 보였지만, 그렇지는 않았다.

"나한테는 귀가 있지!" 아저씨는 이렇게 외쳤고, 나보러 잘 가라고 했다.

내가 아래층으로 내려갔을 때, 게드는 아직도 공을 치고 있었고, 나는 집으로 오는 길 내내 그 소리를 들었다.

나는 곧장 집 안으로 들어가지 않았다. 나는 집 뒤의 언덕 아래에 자전거를 놓고, 가방에서 윗옷을 꺼냈다. 사방이 거의 캄캄하게 어두워졌고, 언덕은 짙푸르러 있었다. 나는 언덕을 올라가서 팔로 무릎을 감싼 채로 푸른빛으로 축축한 풀밭 위에 앉았다. 우리집은 온통 불이 밝혀져 있었고, 언덕 위에 내가 앉아 있었던 자리에서는 아빠와 모나 언니가 부엌을 왔다갔다하고 있는 모습과 쿠쉬 언니가 이층 화장실에 있는 모습이 희끄무레하게 보였다. 쿠쉬 언니가 화장실 불을 껐고, 잠시 뒤에는 다른 식구들과 아래층 부엌에 함께 있었다. 아빠가 정원으로 나가는 문을 열자, 불빛이 노란색의 굵은 띠로 통로에 내려앉았고, 아빠는 한참 동안 밖을 내다보고 서 있었다. 나는 아빠가 만일 고개를 든다면, 아빠가 나를, 집 뒷동산에 있는 푸르스름한 얼룩 하나를, 보실 거라고 상상했다.

여덟

코트 안에서는 지금 막 치려고 하는 공과 상대 선수가 받아칠 공만이 아니라, 그 뒤로 이어질 두 번째, 세 번째, 네 번째 공까지도 염두에 둔다. 상대방의 위치와 함께 상대방이 펼치고 있는 경기를 보면서 계산을 하는 것이다. 이것이 경기를 어떻게 치를지 결정하는 방식이다. 생각이 한꺼번에 여러 경로를 따라 달려가지만, 이것은 시간을 쪼개어 쓰는 게 아니라 앞으로, 뒤로 늘려 쓰는 것이고, 너무 빨리 일어나서 마치 본능처럼 느껴진다. 어떨 땐, 생각을 하고 있다는 것도 모를 정도이다.

**에딘버러 집은** 너무나도 조용해서, 그런 정적 속에서 내가 할 수 있는 것이라고는 생각하는 것밖에 없었지만, 내 생각들은 모두 다 커다랗고 멀리멀리 떨어져 있었다. 그것은 마치 울타리도, 이정표도 없는, 어딘가 넓고 외로운 장소를 방황하는 것과 같았다. 숙모는 많은 시간을 부엌에서 보냈고, 파반 삼촌은 주로 정원에서 보냈다. 나는 란잔 숙모가 요리하고, 옷을 고치고, 청소하는 것을 처음부터 돕게 만들 줄 알았지만, 숙모와 삼촌은 그에 대해 이야기를 나눈 끝에 어떤 합의에 이르렀던 것이 분명했다. 나는 혼자 남겨진 채로, 대개 거실에 있는 커다란 테이블에 앉아 있었다. 그곳이 제일 따뜻했다. 낮에는 커다란 창을 통해서 해가 비쳐 들었고, 밤에는 삼촌이 벽난로에 불을 지폈다.

불 옆에 가까이 앉아서, 집에서 일어나고 있을 아빠와 언니들의 생활 속에 나를 끼워 넣어서 상상해 보려고 애쓰고 애썼지만, 내 마음이 나를 끼워 주지 않았다. 내가, 이제는 쿠쉬 언니가 쓰고 있다는 걸 알게 된, 나의 옛날 침대 커버 아래로 숨어들었을 때는 갑갑해져 왔다. 내가 아빠한테 편지를 썼을 때는 아빠는 커피를 마시고 나서 라디오를 들고 이층으로 올라갔고, 내 편지는 빨랫줄에 매달려 있다가 아무도 모르게 그만 날아가 버렸다. 그러나 내가 더럼&클리블랜드를 상상할 때는 달랐다. 막서드 아저씨는 배드민턴 체육관의 중간에, 유리로 네 벽을 세운 경기장이 일정 기간 동안 세워졌다가 곧 철거될 임시 구조물로 설치될 것이라고 말했다. 내 상상 속에서의 나는 그 투명 경기장 앞에서 아빠와 함께 몇 시간씩 서 있을 수 있었다. 아빠와 나는 손짓으로도 많은 것을 표현하며 이야기를 나누었고, 파반 삼촌이 피운 장작불이 드리운 환한 그림자들이 우리 주위의 벽 위에서 커졌다 작아졌다 하고 있었다. 더럼&클리블랜드에서는 모든 것이 가능했는데, 왜냐하면 그곳은 내가 있기로 되어 있었던 장소였기 때문이었다.

그렇게 지내던 초기 무렵의 어느 날 저녁, 아주 춥고 장작 불꽃이 활활 피어오르고 있었을 때, 파반 삼촌이 와서 거실의 내 의자 옆에 서 있었다. 나는 읽고 있던 책을 덮었는데, 삼촌이 아마도 대화를 하고 싶어한다고 생각했기 때문이었지만, 삼촌은 잠깐 서 있다가 숙모와 이야기를 하려고 나갔다. 삼촌은 한 시간 동안 나갔다가, 내 것이라며 휴대용 라디오를 사서 돌아왔다. 이제 나는 원할 때면 인제든지 그 라디오를 들을 수가 있었다. 나는 삼촌에게 집에서는 나 혼자만의 라디오가 없었다고 말했다.

"이리로 와 볼래." 삼촌이 말했다. 삼촌은 내게 집을 보여주고 싶어했다.

"저는 이미 집을 파악하고 있는데요." 내가 말했다.

"지금은 달라." 삼촌이 말했다. "이제 네 집이거든."

삼촌은 나를 데리고 다니면서, 좀더 일찍 이렇게 했어야 했다고 말했다. 삼촌은 란잔 숙모의 도자기 그릇들과 장식품이 들어있는 장과, 우리가 방문할 때마다 숙모가 언니들과 내가 근처에도 못 가게 했던 바로 그 장들을 열었다. 그리고 숙모의 도자기 찻잔들이며, 거꾸로 뒤집어 들면 안에 눈이 내리는, 유리로 만든 문진 같은 물건들을 들어 보라며 내게 건넸다.

"란잔 숙모가 싫어하시지 않나요?" 내가 물었다.

파반 삼촌은 물건들을 치우기 시작했다. 삼촌이 말했다. "숙모도 아셔. 하지만, 숙모 앞에서는 너무 그럴 필요는 없겠지."

나는 문진을 제자리에 놓고 나서 내 라디오를 켰다.

아빠와 언니들은 자주 전화를 했다. 내가 몇 분 이상 통화를 하고 있으면, 파반 삼촌은 내게 물 한 잔을 가져다 주었고, 나는 그것을 전화 테이블 위에 놓았다. 쿠쉬 언니는 막서드 아저씨와 게드 엄마가 집에 왔었고, 아빠가 웨스턴레인에 돌아갔다고 말했다. 아빠는 일주일에 두세 번씩 다닌다고 했다. 나는 언니에게 엄마에 대해 묻고 싶었다. "거실은 어때?" 하고 나는 물었다. 잠시 침묵이 있은 뒤, 언니는, 괜찮다고, 아빠가 좋아지고 있다고 말했다. 가끔씩 아빠와 나는 오래오래 이야기했다. 아빠는 내게 이런저런 일들에 대해 어떻게 생각하는지를 물었다. 어떨 때는 전화를 통해서도 내가 떠나기 전에 느꼈던 우리 사이의 친밀감이 느껴졌다. 나는 아빠에게, 란잔 숙모에게 더럼&클리블랜드에 대해 이야기해 달라고, 아빠는 내가 시합에 참가하기를 바란다고 밝혀 달라고 부탁했다. 아빠는 언니들과 아빠가 크리스마스에 올 것이고 그때 숙모와 이야기하겠다고 대답했지만, 크리스마스를 며칠 앞두고 그만 폐렴에 걸려서 오지 않는 편이 좋겠다는 소식을 전화로 전했다.

파반 삼촌은 내가 전화기를 내려놓는 모습을 보고 있었다. 내가 무슨 말을 해 주기를 삼촌이 바라고 있다는 것은 알았지만 나는 도무지 말을 할 수가 없었다. 삼촌은 나를 안쓰럽게 여겼던 것이 분명했다. 바로 그날 오후 우리가 크리스마스 트리에 장식을 하고 나서 뒤로 물러서서 어떻게 보이나를 확인하고 있었을 때였는데, 삼촌은 크리스마스에 대해 아쉽다면서 숙모에게 시합에 대해서 이야기하겠다고 했던 것이다. 나중에, 삼촌은 거실에서 책을 읽고 있던 내 옆에 와서 앉아서, 내가 숙모에게 직접 말하는 것이 어쩌면 더 좋겠다고 말했다.

나는 삼촌에게 물었다. "언제요?" 그러자 삼촌이 대답했다. "지금이 어떨까?"

란잔 숙모는 미세한 가루가 자욱한 가운데 부엌 바닥에 앉아 있었다. 숙모는 렌틸콩을 일고 있었다. 숙모 옆에는 찾아낸 작은 돌을 담을 금속 그릇이 놓여 있었고, 다섯 개의 얕은 소쿠리가 숙모를 에워싸고 있었다. 숙모가 콩을 일자, 숙모의 어깨가 앞뒤로 움직였다.

"란잔 숙모."

숙모는 손바닥을 그릇의 가장자리에 올려놓고 하던 일을 멈추더니 먼지 속에서 나를 보았다.

"도와드릴까요?"

숙모는 한쪽으로 조금 비켜 앉았다. 숙모는 사리를 당겨서 깔고 앉으며 내게 공간을 만들어 주었다. 나는 소쿠리 사이로 발을 딛고 숙모 옆 바닥에 앉았고, 숙모는 어떻게 해야 하는지 보여 주었다. 곧 나는 숙모의 동작을 따라 했고, 숙모가 내가 끼어들어서 생겨난 소외감을 더 이상 느끼지 않는다고, 아마도 심지어는 흐뭇해하고 있다고 느꼈다. 나는 숙모에게 스쿼시에 대해서 이야기하기 시작했다. 나는 그것이 아빠가 우리에게 가르쳐 주신 것이라고, 그건 우리가 최선을 다해야 하는 무엇인가였다고 말했다. 그것은 훈련과 연습이 필요한 것이고, 나한테는 이미 내 라켓이 있고, 그다지 멀지 않은 곳에 연습장이 있으며, 그렇게 비싸지 않다고도 했다. 그리고 나는 더럼&클리블랜드에 대해 이야기했다. 나는 아빠가 오실 것이라고, 고작 이틀 동안이라고 말했다. 란잔 숙모는 계속 콩을 일고 있었다. 나는 숙모가 마치 내가 아무 말도 안 한 것처럼 행동할 줄 알았다. 하지만 숙모는 렌틸콩을 다른 소쿠리에 옮겨 놓으려고 멈췄을 때, 나를 바라보았다. 숙모가 소쿠리를 내려놓았다. "안 돼."라고 숙모는 말했다.

나는 숙모와 시선을 맞췄다. "아빠는 하라고…"

"네 아빠가 그랬다는 것은 알지만 그렇다고 해서 그게 옳다는 것은 아니야." 란잔 숙모는 금속 그릇을 비우기 위해 쓰레기통으로 팔을 뻗었고, 곧 먼지 속에서 가만히 앉아 있었다. "그건 소녀에게는, 내 딸에게는 옳지 않아. 네 삼촌에게는 말했어. 그렇지만 너도 이미 그걸 알고 있지. 그래도 네가 나한테 와야만 했던 것은 그게 너한테 중요하기 때문이겠지. 하지만 내가 안 된다고 말하는 건 내가 너를 제대로 키우겠다고, 나 스스로에게 약속을 했기 때문이야. 네 엄마를 위해서 말이야. 그리고 이 약속은 나한테 중요하단다. 네가 더 크면, 아마도 이해할 거야."

숙모의 얼굴은 창백했다. 숙모는 화가 났고, 마음을 바꾸지 않을 작정이었다. 나는 더이상은 아무 말도 할 수가 없었다. 이제는 엄마가 관여되었기 때문이었다. 나는 무릎의 먼지를 털어내고 콩 일던 것을 다시 시작했다.

**크리스마스 동안**, 파반 삼촌이 나를 지켜보고 있는 것이 느껴졌다. 삼촌은 시무룩하고 말수가 없어졌다. 삼촌은 장화와 외투를 챙겨 입고 오랜 시간 산책을 나섰다. 그러다가 며칠 동안은 집에 있을 때

정원에 나가 있는 대신 란잔 숙모와 함께 부엌에 앉아 있었다. 가끔씩은 서로 사이에 커다란 간극이 있는 채로 긴 대화를 나누기도 했다. 역시 그런 대화를 하고 났던 어느날 파반 삼촌이 나를 정원으로 데리고 나갔다. 이제는 내 방이 된 방에 딸린 발코니 아래에 서서, 우리는 삼촌의 나무들을 바라보았다. 삼촌은 란잔 숙모가 내가 더럼&클리블랜드에 가는 것에 동의했다고 말했다.

"정말요?" 내가 물었고, 파반 삼촌은 그렇다고 대답했다. 시합에는 참가할 수 있지만, 그 이후에는 더 이상의 스쿼시는 없다고 했다. 시합이 있기 전 몇 주는 에딘버러에서 내가 학교를 시작하는 시기와 겹쳤고, 등교하기 전에 삼촌과 함께 한다는 조건으로 그 기간 동안 훈련을 하는 것에 란잔 숙모가 동의했다고 삼촌이 말했다. 나는 삼촌을 꼭 껴안았다. 그러자 삼촌은 기뻐하면서도 쑥스러워 하는 것 같았고, 얼른 가서 자신의 라켓을 찾아야겠다고 말했다.

부엌에서는 란잔 숙모가 개수대에 물을 받으려고 수도꼭지를 끝까지 틀어 놓고 있었다. 나는 숙모에게 고맙다고 말하고, 이제 다시는 숙모나 삼촌에게 아무것도 부탁하지 않겠다고 말하려고 했지만, 물소리는 너무 컸고, 란잔 숙모는 나를 보는 것을 피하며 개수대 앞에 서 있었고, 내가 원하는 것을 두고 삼촌과 타협했다는 숙모의 죄책감이 이제부터는 우리 사이에 일어났던 모든 것 아래 가라앉아 있으리라고, 나는 이해했다.

**파반 삼촌이 예약한** 코트는 삼촌이 일하는 건물 근처의 사무실 지하에 있었다. 나는 삼촌에게, 삼촌은 함께 코트에 들어올 필요가 없다고, 나는 그냥 혼자서 연습할 수 있다고 말했다. 나는 몇 번만 쳐도 삼촌에게 무슨 큰일이라도 날까봐 걱정했지만, 막상 삼촌이 움직이는 것을 보자, '고기 알라우딘'이 떠올랐다. 고기는 체구가 작고, 파반 삼촌은 커서, 두 사람이 서로 비슷하지는 않았지만 무언가 닮은 구석이 있었다. 웨스턴레인에서의 토론에서, 아빠와 막서드 아저씨와 게드와 나는 고기 알라우딘에 대한 토론을 했었다. 그의 약점은 그가 강하게 치는 선수가 아니라는 점이었다. 그의 강점은 빠른 판단력과 민첩함, 그리고 마무리였다. 그는 공이 어디로 가는지를 읽어냈고, 또한 공을 적소에 잘 찔러 넣었기 때문에 강하지 않다는 것은 문제가 되지 않았다. 그는 느리게 떨어뜨리는 드롭 샷이나 높게 띄우는 로브\* 샷으로 상대 선수를 궁지로 몰았고, 전체 코트를 장악했다.

비록 파반 삼촌이 어린 시절에 라켓을 놓았다고는 해도 마치 모든 것을 다 기억하는 것처럼 보였다. 삼촌의 몸은 기억하고 있었다. 첫 샷부터 삼촌의 동작은 정교하면서도 우아했다. 우리는 무엇을 할지 의논도 없이 코트에 들어왔다. 시작과 동시에 그냥 쳤다. 돌아올 공을 예상하지 않고 벽에 대고 느긋하게 공을 쳤던 것이다. 그러다가 어떤 공이 돌아오는지를 보면서 주의를 기울이기 시작했다. 우리는 서로를 파악하면서, 우리가 서로서로 공을 향해 몸을 한껏 뻗어야 할 때까지 조금씩 압박을 가하면서 서로의 주위를 맴돌았다. 파반 삼촌이 멈추고 섰다. 삼촌은 가쁜 숨을 몰아쉬고 있었다. 삼촌은 라켓을 내려 들고 나를 바라보았다.

"내가 몰랐었구나." 삼촌이 말했다.

나는 수업 중에 줄곧 파반 삼촌에 대해서 생각하고 있었다. 나에 대한 소개를 쓰고 있어야 할 시간이었다. 내가 삼촌을 이기고 싶었다면, 나는 삼촌이 치고 싶은 대로 칠 수 없을 빠른 속도로 쳐야만 했겠지만, 나는 삼촌을 이기고 싶지 않았다. 나는 파반 삼촌이 부드럽고 정확한 샷을 치는 경기를 계속하게 하고 싶었다.

학교에서 집으로 돌아와서는, 가방을 복도에 내려놓고, 란잔 숙모를 돕기 위해서 부엌으로 곧장 갔다. 숙모는 오트 비스킷을 접시에 담아서 건네 주었다. 내가 비스킷을 다 먹고 접시를 씻어 놓자, 숙모는 만들고 있던 슈리칸드*가 부드럽고 걸쭉하게 되게 하려면 응고된 우유를 어떻게 걸러내야 하는지를 보여 주었다. 어쩌면 숙모는 그냥 평소와 같았을 수도 있지만, 나는 숙모가 나를 가르치는 것에 새로운 점이 있다고 느꼈다. 나는 파반 삼촌이 숙모에게 뭐라고 했을지가 궁금했다.

저녁을 먹은 후 치우고 나서, 란잔 숙모는 식탁 위에 재봉틀을 올려 두었고, 나는 숙제를 하려고 숙모의 맞은편에 앉아 있었다. 전화벨이 울리자 파반 삼촌은 거실에서 나와서 복도로 갔고, 란잔 숙모와 나는 삼촌이 아빠와 통화하고 있다는 것을 확인할 때까지 귀

기울이고 있었다. 숙모가 내가 가도 좋다는 눈짓을 했다. 나는 물을 한 잔 따라서 삼촌에게로 가지고 가서, 전화 테이블 위에 물잔을 놓았다. 그런 뒤에 삼촌과 숙모의 침실로 올라가서 불을 켜고 침대 옆에 놓인 협탁 위의 전화를 집어 들었다.

아빠는 우리집 복도에 서서, 파반 삼촌은 아래층에서, 나는 침실에서, 우리 셋은 함께 통화를 했다. 파반 삼촌은 아빠에게 우리가 아침에 끝낸 훈련들을 설명했고, 우리는 함께 내가 계속해야 할 훈련들과 우리가 어떻게 시간을 배분할지와 다음날은 무엇을 해야 할지를 토론했다. 아빠는 내가 생각하고 있는 것이 이밖에 더 있느냐고 물었다. 아빠는 시합과 관련된 것을 묻는 것이었다. 나는 란잔 숙모의 아주 철저하게 당겨진 채 잘 정리되어서 완벽하게 매끈한, 하얀 침대 커버와 전화기 아래에 깔아 놓은, 자수가 놓여진, 흰색의 원형 받침을 보면서, 파반 삼촌의 경기에 대해서 설명하기 시작했다. 아빠는 어린 시절에 파반 삼촌과 함께 연습을 해서 이미 이 모든 것을 알고 있었겠지만, 내 이야기를 잠자코 듣고 있었다.

란잔 숙모는 밤에 잠을 어떻게 자기로 했는지에 대한 질문이 많았다. 나는 숙모에게, 아빠 친구의 사촌이 우리가 잘 공간을 줄 거라고 말했다. 나는 언니들과 함께 그 사촌의 부인과 집에서 잠을 자고, 남자들은 아래층의 레스토랑에서 잘 계획이었다. 그러자 숙모는 파반 삼촌에 대해서 걱정하기 시작했다. 우리 삼촌이 어떻게 아무런 레스토랑에서 잠을 잘까? 시합 전날 밤, 숙모는 베개와 여분의 담요를 복도에 쌓아 놓았고, 당일 아침에는 캄캄한 새벽에 우리와 함께 일어나서 죽을 만들고, 우리가 차에 짐을 싣는 것을 도와주었다.

**스쿼시 경기장은** 더블린 시내가 아니라, 교외에 있었다. 우리가 도착했을 때에는 땅 위로 안개가 낮게 깔려 있었고 해가 아주 흐린 빛이어서, 풍경 속에 스산하고 희뿌연 빛을 더하고 있었다. 건물은 도로에서 떨어져 있었고, 자갈이 깔린 주차장 뒤에 자리잡고 있었다. 건물 너머로 공업 단지가 있었고, 건너편에는 연립 주택이 일렬로 서 있었다. 모두가 어둡고 낯설게 빛나고 있었다.

나는 주차장에서 막서드 아저씨의 먼지투성이 푸조를 찾고 있었다. 나는 파반 삼촌에게 그 차를 설명하기 시작했고, 삼촌은 가만히 듣고 있다가 그런 나를 멈추었다. 삼촌은 나에게 내 가방을 건네주면서, 다들 아직 안 왔으니까 안으로 들어가자고 점잖게 말했다.

건물 안에는 등록을 위한 공간이 마련되어 있었다. 우리는 주차장이 내려다보이는 창문들이 달린 벽을 따라 줄을 섰는데, 우리가 기다리는 동안 안개가 더욱 짙어져서 창밖에는 아무것도 보이지 않았고, 안에서는 두 소녀가 우리 앞에 서서 우리의 시야를 가리고 있었다. 그들은 자매였다. 둘 다 넓은 어깨에, 팔에는 분홍색 반점이 있었고, 둘 다 '프린스' 상표의 가방에 라켓을 두 개씩 꽂고 있었다. 프린스 자매 중 동생의 라켓은 자한기르 칸의 것과 같은, 나무 라켓이었다. 밖에서는 모든 것이 그렇게도 신비롭게 보이는데도 어떤 물건들, 이를테면 가방 밖으로 삐져나온 저 라켓같은 물건들은 어떻게 그렇게도 확실하게 보이는지가 나한테는 신비롭게 느껴졌다.

언니들과 내가 런던에서 눈물 모양 라켓을 사서 집으로 돌아왔던 첫날이 지나고 나서, 아빠는 그에 대해 더이상 아무 말도 하지 않았고, 언제부터인가 나의 나무 라켓은 사라졌다. 아빠가 그 라켓을 팔았는지, 혹은 누군가에게 주었는지, 아니면 우리가 필요하게 되면 언제든지 찾을 수 있게 어딘가 안전한 곳에 보관했는지, 나는 몰랐다. 나는 프린스 자매의 라켓도 보고 싶지 않았고, 창밖도 보고 싶지 않았는데, 안개가 걷힐 때마다 주차장으로 들어오는 차를 내다봤지만 막수드 아저씨의 차가 아니었기 때문이었다. 파반 삼촌이 두 번이나 "올 거야."라고 말했지만, 삼촌 역시 나만큼이나 알 수가 없었다.

등록대 뒤에 앉은 여성이 내 이름을 물었다. 그녀는 명단 위의 내 이름에 자를 대고 줄을 그었고, 시합에 대해서 설명하기 시작했는데, 점점 사람들이 많아지자 주변에서 왔다갔다 하는 사람들의 소리 위로 자신의 목소리를 높여야만 했다. 그녀는 여덟 명의 소녀들이 참가하는데 그룹으로 나누기에는 충분하지 않아서 나이가 많은 소녀들도 있을 거라면서 괜찮냐고 물었고, 내가 그렇다고 하자, 자로 그은 선 위에 표시를 했다.

게드의 이름은 내 이름 아래에 적혀 있었다. 그의 성과 이름이 다 적혀 있었는데, 그래서 더욱더 게드스러운가 하면, 덜 그렇게도 느껴졌다. 나는 게드의 이름을 바라보고 있었고, 여성은 계속 설명을 하고 있었는데, 내 손바닥은 뜨거워지다가 떨리기 시작했고, 우리가 책상에서 물러나야 할 시간에 이르자 내 손바닥에서는 땀이 나고 있었고, 나는 움직일 수가 없었다. 파반 삼촌이 헛기침을 했다. 여성은 예의 바른 미소를 지었다. 그녀는 자신의 펜을 똑딱였다. 그녀는 나를 계속 바라보다가 펜을 놓더니, 파반 삼촌에게 "괜찮아요."라고 말하고는, 시합 규칙을 천천히 되풀이해서 설명했다.

**어둠 속의 유리 코트** 앞에서 내가 얼마나 오랫동안 서 있었는지는 모르겠다. 코트를 찾기까지 시간이 꽤 걸렸던 까닭은 탈의실에서부터 여기까지 배드민턴 체육관을 알리는 표지판이 전혀 없었고, 중앙 복도에서 벗어나자 물어볼 사람도 아무도 없었기 때문이었다. 내 운동화 바닥이 미끄러지는 것으로, 나는 체육관 바닥이 먼지로 덮여 있다고 짐작했다. 먼지 냄새가 나기 시작했다.

체육관 한가운데의 코트는 일반적인 코트보다 더 커 보였다. 코트는 희미한 푸른빛으로 광채를 내뿜고 있었고, 바닥에서 일 인치 정도 떠 있었다. 아주 낯설면서도 아름다웠고, 영원히 존재해 왔던 것마냥 느껴졌다. 나는 바로 그렇게 아빠에게 설명하려고 생각하고 있었지만, 아빠는 이미 경기장이 어떤지를 알고 있기에 아무

것도 설명할 게 없다는 생각이 들었다.

체육관 안에는 소리라곤 전혀 없었고, 내가 오래 서 있을 수록 정적은 깊어만 갔다. 그 정적은 내가 에딘버러에서 익숙하게 된 정적과는 달랐다. 이 고요함은 마치 살아 있는 것만 같았다. 나는 유리 코트가 나를 위해서 여기에 있다고, 나를 그 안에 품고 싶어한다고 느꼈다. 코트는 빛을 발하고 있었다. '웡' 하는, 낮은 전자음이 났다. 코트가 나를 끌어당겼고, 처음에는 희미하더니 점차 확실하게, 나는 그 벽 안에서 내 몸이 만들어낼 모든 동작을 보고 있었다. 나는 마치 오래전에 그려져 있었던 듯 은은하게 빛나면서도 희미한, 내가 코트 안에서 움직이게 될 궤도를 보고 있었다. 나는 거친 산에서 눈 속을 달리는 소년 자한기르 칸을, 또한 그를 바라보고 있었던 누군가를 떠올렸다.

게드 나이쯤의 소년 하나가 체육관으로 들어섰다. 그가 스위치를 켰다. 코트는 물러나 앉았고, 나를 위한 궤도는 사라져 버렸다. 소년은 내 옆에 와서 섰다. 그는 유리 코트가 실제로 퍼스펙스 제품이고, 주최측이 대관해 온 것이라고 말했다. 유리 코트는 네덜란드에서 통째로 상자에 담겨서 왔다. 그는 코트에는 그다지 관심이 없었다. 단지 명단에서 내 이름을 확인하고 싶어했다. 그는 내가 체육관 안에 있으면 안된다고 말했다. 나는 제2코트로 가야 한다는 것이었다.

나는 소년을 정면으로 응시했다. 나는 내 안에 있는 유리를, 내

가슴과 등을 압박하고 들어오는 차가운 벽들을 느꼈다.

소년은 나를 이상하다는 듯이 바라보았다.

"결승전만 여기서 열린다는 건 너도 알지?" 그가 말했다.

나는 몰랐었다.

내 안에 유리 코트 하나가 있다고 생각해, 내가 말했다. 그렇지만 나는 소년에게 소리내어 말하지 않았고, 그는 내 말을 듣지 못했다. 그는 결승전에 대해서 무슨 말을 하고 있었다. 그는 내가 듣고 있는지 궁금해했다. 공기에서는 달콤하고 묵은 듯하면서도 차가운 냄새가 났다. 나는 숨을 참으면서, 그렇다고, 듣고 있다고 말했다. 나는 소년에게 귀를 기울였고, 내 폐가 먼지로 가득 차오르자, 퍼스펙스 코트 밖에서 내가 경기를 해 내는지 보려고 기다리면서 점점 늙어가고 있는 아빠가 보였다.

**중앙 복도는** 선수들로 북적였지만, 제2코트는 텅 비어 있었다. 나는 틴 앞에 물병을 놓았다. 어디선가 벨이 울렸고, 복도에서는 낮은 목소리들이 웅성거렸다. 균형을 잡기 위해서 손가락으로 벽을 짚고 왼쪽 허벅지를 천천히 스트레칭하고 나서 오른쪽으로 옮겼고, 별 뜻 없이 경기장 위의 관중석을 살피고 있었다. 파반 삼촌이 거기에 와 있었다.

그리고 아빠도 와 있었다.

나는 아빠를 보고 충격을 받았다. 아빠는 파반 삼촌 옆에서 여위고 우울해 보였다. 아빠의 정장은 어깨 위에 어색하게 걸쳐져 있었다. 그러나 아빠의 시선은 날카로웠고, 아빠는 결코 약해 보이지 않았다. 아빠는 체력적으로 강인해 보였다. 나는 벽에서 손을 떼고 똑바로 섰다.

제2코트에서의 내 상대는 프린스 자매의 언니였다. 그녀는 들어오면서 문을 쾅 하고 닫고 나서 나한테 악수를 청하며 손을 내밀고는 큰 소리로 "미안해! 행운을 빌어."라고 말했고, 나도 행운을 빈다고 말하고 나자, 그녀는 "나는 마리아야. 내 동생은 알렉산드라지."라고 말했고, 나는 온통, 아빠가 어떻게 강인해 보이는지를, 겉으로 보고 누가 강인한지 여부를 어떻게 알 수 있는 것인지를 계속 생각하고 있었다.

우리는 준비 운동을 마치고 경기를 시작했다. 나는 스쿼시 코트의 기초에 문제가 있는 것은 아닌지 의심이 들기 시작했다. 마리아가 움직일 때마다 모든 것이 흔들렸기 때문이다. 마치 내가 우루루 몰려가는 군중의 한가운데에 있기라도 한 듯 느껴졌다. 마리아는 사방에 있었고, 나는 꼼짝도 할 수가 없었다. 시작부터 주도권은 그녀가 잡았지만, 우리가 얼마나 못하고 있는지는 누구라도 알 수 있었다. 그녀의 타격은 좋았지만, 그녀는 너무 빨리 움직이고 있었고, 너무 빨리 티존으로 뛰어들었다. 티존을 향해 돌진하다시피 달려드는 것이었다. 나는 그녀가 두려웠다. 그녀가 나를 향해 달려들어오는 것이, 부상을 입는 것이, 아빠가 지켜보고 있는 가운데 경기장에서 들려 나가는 것이 두려웠다. 나는 첫 게임에서 졌고, 우리가 자리를 바꾸고 나서 관중석을 쳐다보았다. 아빠의 시선이 내 시선과 마주쳤다.

아빠는 내가 두려워하고 있다는 것을 알고 있었다.

아빠는 무엇을 해야 할지를 신호로 알려줄 테니까, 하면서 나는 아빠를 계속 바라보고 있었지만, 아빠는 오히려 자신이 기다리고 있는 사람이라는 듯 나를 보았고, 심판은 시작을 알렸다.

일단 경기가 시작되자, 마리아의 서브는 빠르고 낮았으며, 그녀가 서비스 박스에서 쿵쾅거리고 뛰어나오면 바닥이 뒤흔들렸다. 나는 코트 뒷벽으로 드라이브를 치고 나서, 다시 드라이브로 받아쳐질 것을 예상하고 미리 움직였고, 공이 떨어질 자리에 미리 가 있었다. 나는 라켓을 든 손을 뒤로 휘두를 준비를 하고 낮은 자세를 취하고 기다렸다. 마리아는 내 뒤에서 너무 급히 들어오는 바람에 내가 아직 공을 치지 않았다는 것을 깨달으면서 급정지를 해야 할 것이고, 한꺼번에 추진력을 잃은 데다 공에 대한 시야를 놓칠 것이기 때문에, 나는 공을 어디로라도 칠 수 있었다. 모든 것이 느려졌다. 나는 공이 천천히 벽을 맞고 돌아와서 뚝 떨어지는 것을 보고 있었다. 나는 마리아가 등 뒤에서 쿵쾅거리는 것을 들을 수 있었고, 이윽고 그녀는 급정지하는 대신 나한테 와서 부딪히고 말았다. 나는 앞으로 비틀거리다 무릎을 찧고 말았다. 내 라켓은 코트를 가로질러 나뒹굴었다. 나는 깜짝 놀라서 숨이 가빠졌고, 무릎에서 손을 떼자 통증이 느껴졌지만 재빨리 일어섰다. 위에서 아빠와 삼촌이 자리에서 일어나 서 있다는 것을 알고 있기 때문이었다. 나는 라켓을 집어 들었고, 마리아는 연신 미안하다고, 자신은 멈추려고 노력했다고 말했다.

아빠와 파반 삼촌은 경기가 끝날 때까지 계속 서 있었고, 마리아는 자신감을 잃었다. 그녀는 나를 다칠까 봐 두려워하기 시작했다. 우리는 경기를 이어갔지만, 그녀가 나를 넘어뜨린 그 순간에 내가 이미 이겼다는 것을, 우리는 둘 다 알고 있었다. 끝나고 악수를 하면서 내 잘못이라고, 미안하다고, 마리아에게 말했다. 그녀는 화들짝 놀랐다. 그러더니 긴장을 풀고, 고개를 끄덕였다.

관중석에 올라가서는, 경기를 어떻게 생각하냐고 아빠가 묻기 전에 내가 먼저 말했다. "제가 시간을 너무 오래 끌었던 거에요."

아빠가 나를 바라보았는데, 나는 너무 슬프면서도 너무 따뜻하다고 느꼈다. 아빠가 말했다. "상관없지. 그 아이가 멈추었어야 했어."

언니들이 나를 안아 주었고, 넘어지면서 멍이 든 건 아닌지 내 무릎을 살폈다. 언니들은 모든 것에 호들갑이었고, 방금 내가 치른 경기에 대해서는 수다를 떨었지만, 우리가 떨어져서 지냈던 몇 달 동안에 대해서는 아무 말도 하지 않았다. 쿠쉬 언니의 머리카락이 이마와 뺨에 붙어 있었다. 나는 언니와 모나 언니에게 이야기해 주려고 아껴 두었던, 이제는 더이상 재밌지도, 말할 가치도 없어보였던 모든 것들을 떠올렸지만, 모두 상관없어지고 말았다. 언니들은 내게서 아무것도 원하지 않았기 때문이다. 언니들이 계속 수다와 호들갑을 떨고 있는 가운데, 갑자기 관중석의 분위기에 변화가 왔다. 아주 미미했지만, 밀려들어오고 있던 것들이 살짝 물러나 앉았다.

나는 뒤로 돌아서기도 전에 그것이 게드라는 것을 알았다.

언니들은 그가 들어설 공간을 만들어 주었다. 그는 나를 포옹하느라 몸을 숙여야 했고, 재빨리 안아주고 나서 옆으로 비껴섰지만, 그 후에도 그 느낌은 여전히 남아 있었다. 언니들이 다시 나에 대해 호들갑을 떨었을 때도, 내가 관중석에 앉아서 게드를 보고 있었을 때도, 그 느낌은 남아 있었다. 그는 가쁘게 호흡을 하면서, 공을 길게 길게 치면서, 티존을 넘나들었다. 게드의 경기 방식에는 대단할 게 없는 것 같았지만, 실은 있었다. 상대 선수는 이미 너무 늦고 나서야 자신이 얼마나 강력하게 공격당하고 있는지를 깨달았다.

게드와 샨은 자신들의 첫 번째와 두 번째 경기에서 이겼고, 이는 우리 셋 다 다음날 준결승전을 치른다는 것을 의미했다. 막서드 아저씨는 여자 선수들이 조금밖에 없어서 아쉽지만, 내일은 흥미로워질 것이라고 말했다. 우리는 주차장에서 점심을 먹었다. 모두가 추위도, 안개로 인해 공기가 여전히 축축하고 희뿌옇다는 것도 괘념치 않았다. 막서드 아저씨와 파반 삼촌이 자신들의 차 트렁크를 열었고, 모나 언니는 자신과 란잔 숙모가 준비한 음식들을 모두에게 나누어 주었다. 모두가 함께 먹었고, 모두가 함께 이야기를 나누었지만, 게드만은 예외였다. 모나 언니와 쿠쉬 언니는 그를 포함시키려고 노력했지만, 그는 마치 이것은 자신이 왜 왔는지 그 이유가 아니라는 듯 일행과 약간 떨어진 채로 서 있었다.

**게드와 나는** 오후 늦게 주차장으로 돌아왔다. 우리 둘 중 누가 그러자고 제안을 한 것은 아니었다. 우리는 단지 서로를 쳐다보았고, 밖으로 나왔던 것뿐이었다. 날은 이미 어두워지고 있었다. 안개 때문에 반대편 집들의 창문이 희미하게 오렌지색으로 빛나고 있었지만 안이 들여다보이지는 않았다. 나는, 먼지가 사방에 가득한 가운데 푸른색으로 빛나고 있는 퍼스펙스 코트를 떠올리고 있었다.

"배드민턴 체육관 들여다 봤니?" 게드가 물었다.

마치 무언가가 우리 주위를 쿵쿵거리며 내려치고 있는 듯했다. 내가 마침 그것을 생각하고 있던 바로 그 순간에 게드가 그것을 언급했던 것이다. 잠깐 동안 우리는 웨스턴레인의 복도 안으로 돌아가 있었다. 소독제 냄새가 느껴졌다. 맥박 뛰는 소리가 귓속을 울려댔다. 나는 게드의 다음 말을 안 들었는데, 어쩌면, 그는 아무 말도 안 했을 테지만, 웨스턴레인이 천천히 사라지면서, 크고 너무나도 빛나서 내가 그만 고개를 돌릴 뻔했던 퍼스펙스 코트가 우리 뒤에서 우뚝 솟아났다.

길 건너편에서 누군가가 현관문을 열자, 집 앞에 깔린 자갈 위로 삼각형 모양으로 빛이 쏟아졌다. 몇 초가 흘렀다. 마침내 그가 입을 열었다. "대회가 끝나면 무슨 일이 일어날지 생각해 본 적 있어?" 하고 그가 조용하게 물었다.

**막서드 아저씨의** 사촌 집에서 보냈던 밤에 우리가 가졌던 회의는 지금껏 했던 그 어떤 회의와도 달랐다. 아저씨의 사촌은 자신의 음식점에서 정말 많은 음식을 가지고 올라왔고, 식사를 마친 뒤에는 아빠, 막서드 아저씨, 파반 삼촌, 게드와 함께 밖으로 나가서 산책을 했다. 온몸이 꽁꽁 얼 정도로 추웠다. 하늘은 보라색이었다. 지평선 근처에는 옅은 보라색 띠가 기울어진 채로 넓게 깔려 있었고, 좀 더 위로는 보다 어두운, 짙고 검푸른색의 띠가 반대쪽으로 기울어진 채로 깔려 있었다. 아름다웠다. 빛은 어디서나 반짝거리고 있었고, 강 위의 다리 위에서도 반짝거렸다. 우리의 회의에서는 내일 있을 시합에 대해서는 아무 이야기도 하지 않은 채 그냥 걸어 다녔다. 다리를 지나 강을 건넜다가 다시 다른 다리를 건너 되돌아왔고, 우리의 장화 밑바닥은 금속에 부딪혀 메아리를 울려댔고, 얼어붙은 입김이 우리 주변을 온통 에워쌌다. 아찔한 순간도 있었는데, 우리가 출렁다리를 건널 때였다. 우리 아래로 다리가 흔들리면서 푹 꺼졌다가 다시 올라왔던 것이다. 갑자기 발 아래로 몇 인치씩 공간이 생겨서, 한 걸음 한 걸음 옮길 때마다 새로이 적응을 해야만 했다.

아무도 아무런 말도 하지 않았다. 게드는 내 옆에 있었고, 우리는 둘 다 앞만 바라보면서 계속 걷고 있었다. 빛이 깜빡거렸다. 아빠가 담배에 불을 붙이고 자한기르 칸에 대해서 뭐라고 이야기했다. 그러자 우리 뒤에 오던 막서드 아저씨가 카마르 자만에 대해서 몇 마디 했다. 나는 고기 알라우딘을 이야기했고, 막서드 아저씨였거나 파반 삼촌이었을 누군가가 보온병을 꺼냈고, 모두가 걸음을 멈추고 조금씩 마셨다. 그들은 몸을 데우라며, 내게도 조금 마시라고 했다. 목구멍이 뜨거워졌다. 나는 장례식 전날 밤이 이렇게, 슬프면서도 행복하고, 모두의 목젖이 뜨겁고, 모두의 생각이 감동적인, 이런 느낌이었어야 했다고 생각했다. 나는 보온병을 게드에게 넘겨주었다. 어른들이 앞서 걸어가는 동안, 우리는 조금 뒤에서 따라갔다. 앞에서 라이터를 켜는 소리가 들려왔고, 잠깐 불꽃이 이는 것이 보였다. 다리가 출렁 내려갔다. 우리는 우리가 움직이고 있는지, 가만히 있는지, 알 수가 없었다.

**다리 위에서의** 회의를 마친 뒤, 이튿날 아침 스쿼시 경기장 앞 주차장으로 차를 타고 들어갈 때까지는 퍼스펙스 코트에 대한 생각을 하지 않고 있었다. 안개는 여전히 자욱했고, 모든 것이 우윳빛 햇빛에 감싸여 있었다. 파반 삼촌은 주차를 한 뒤 잠시 앉아 있었는데, 나는 삼촌도 같은 생각을 하고 있다고 생각했지만, 삼촌은 "네 친구에 대해서는 우리가 란잔 숙모에게 이야기를 할게."라고 말했다.

삼촌의 말은 내가 게드와 친구로 지내는 데 아무런 해가 없으니 내가 계속 그럴 수 있도록 해 줘야 한다고 숙모에게 알릴 방법을 의미했다. 나는 란잔 숙모가, 그래 그렇게 하렴, 한다거나, 열차에서 내리는 게드를 만나게 해 준다거나, 전화 통화를 하게 해 준다는 것을 상상해 보려고 노력했다. 나는 삼촌을 쳐다보았다. 삼촌은 내 눈을 피하며, 안전벨트를 당겼다. "글쎄, 모르니까." 하고 삼촌은 말했다.

스쿼시 경기장 안의 분위기는 화기애애했다. 사람들은 시합이 시작할 때까지 복도에서 서로 인사를 하고 이야기를 나누며 커피를 마셨다. 막서드 아저씨는 시합 이튿날이 되면 항상 이렇다고 말했다.

그러나 제6코트에서의 내 상대 선수는 나와 친하게 지내는 데에는 전혀 관심이 없었다. 내가 손을 내밀자 그녀는 못 본 척 했다. 그녀는 준비 동작을 서두르더니 라켓을 휘두르기 시작했다. 우리는 시합에 들어갔고, 그녀는 시작과 동시에 앞벽을 맞고 바로 내 몸 쪽으로 날아오는, 빠르고 날카로운 서브를 날렸다. 내가 옆으로 움직여 발리를 쳐내기 전까지 관중석에서는 얼마간의 동요가 있었다. 그러자 그녀는 낮고 강한 샷을 코트 뒤쪽으로 계속 보냈다 그녀는 얼른 나를 이기고 결승전에 나가기 위해서 속전속결을 원했다. 밖에서는 중앙 복도를 지나, 문이 열렸다 닫혔다 하는 소리들이 들려왔고, 나는 그녀가 나를 무시한다는 것을 느꼈고, 그것에 압박감을 느끼기 시작했다. 나는 라켓을 내려 들었다. 내 상상 속에서의 나는 내가 배드민턴 체육관 안에 마련된 퍼스펙스 코트에 들어갈 때까지 복도를 통해 들려오는 소리들을 쫓아가고 있었다.

그곳은 고요했다. 벽은 창백하고 얼음처럼 푸른색이었다. 이제는 내가 안에 있으니, 나한테는 벽이며 전체 구조가 시간의 바깥에 존재하는 것처럼 느껴졌다. 여기서는 아무도 나를 재촉하지 않았고, 만일 내가 원한다면 생각을 할 수도 있었다. 나는 또다른 경기의 영향으로 인해 내 근육이 경련을 일으키고 있다는 것을 느끼기 시작했다. 나는 퍼스펙스 코트의 티존 위에서 나의 다음 동작을 계산하고 있었고, 또한 제6경기장에서 경기를 하고 있었다. 누군가 나를 지켜보고 있는 사람에게는 내가 한계에 봉착해서 갈피를 못 잡고, 티존에 늦게 도달하고, 공 처리에 느린 것처럼 보였을 수도 있었다. 그러나 나는 대부분의 공을 제때 처리했고, 나의 샷이 비록 완벽하게 실행되지 못했고, 또한 상대방이 라켓을 벽에 부딪쳐서 부러뜨리고 말게 만들지는 못했다 해도, 상대를 기습해서 실수를 범하게 만들기에는 충분했다. 이십 분이 지난 후, 매치 포인트에서 그녀를 이겼을 때, 머릿속이 윙윙거렸다. 이 소녀와 경기를 치르고 있는 나 때문만이 아니라, 배드민턴 체육관에 있었던 그 무언가 때문이었다.

관중석에서 쿠쉬 언니와 모나 언니를 만났을 때, 모나 언니는 내가 무슨 생각을 하고 있었냐고 명랑하게 물었다. 언니는 시합의 첫 몇 분이 지나고 나서, 아빠가 파반 삼촌에게 무슨 말을 하더니,

관중석의 모든 사람들과 떨어진 자리로 옮겨 앉았다고 말했다. 그 뒤로 이십 분간 아빠는 전혀 움직이지 않았고, 나를 바라보며 정면만 응시하고 있었다는 것이다. 지금 모나 언니의 목소리는 마치 날카롭게 깨진 유리 조각 같았다. 언니가 몇 번인가 아빠를 쳐다봤을 때는, 쥐한테 잡아먹혔던 그 남자가 떠올랐다고 말했다. 무슨 남자? 내가 물었지만, 언니는 이야기를 이어갔다. 매치 포인트에서 아빠는 어떻게 해 볼 도리가 없다는 듯 벌떡 일어났고, 마침내 승부가 결정된 뒤 아빠가 자리에 다시 앉았을 때는 울고 있는지 웃고 있는지를 알 수가 없었다는 것이다. 모나 언니는, 이 일 이후로 만일 아빠가 미쳐 버렸다면, 그건 내 탓이었다고 말했다. 언니는 별안간 말을 멈추더니, 그런 의미는 아니었다고 말했고, 나는 괜찮다고 말했다. 모든 것이 언니의 머릿속에서 돌아가고, 또 돌아가고 있었고, 언제나 그러리라는 것은 나도 알았고, 언니도 알았다.

아빠는, 입석만 허용된, 게드의 경기장 위의 관중석에 있었다. 아빠가 고개를 돌렸다. 아빠의 눈은 피로해 보였지만, 거기에는 부드러운 빛이 있었고, 화가 나 보이지는 않았다. 나는 아빠 곁으로 다가갔다. 잠시 동안 우리는 아무 말 없이 시합만 보고 있었다. "결승에서는 그러지 마." 아빠가 말했다. 아빠의 목소리는 너무나도 따뜻했다. "안 그럴게요." 내가 말했다.

**게드는 자신의** 준결승 경기에서 졌다. 그의 상대 선수는 장시간 경기를 밀어붙였지만, 게드는 그럴 마음이 없었다. 그는 경기에는 조금도 생각이 없었고, 오히려 단 십 분만에 라켓을 내려놓을 수도 있었다.

계단 위에서 만난 그는 고개를 가로젓더니 잠시 미소를 지었다. 그는 경기에 대해서는 말하고 싶어하지 않았다. 어쩌면 그는, 내가 뭔가 필요하거나 중요한 말을, 우리에 대해서, 미래에 대해서, 해 주기를 원했는지도 모른다. 우리는 서로를 마주보고 있었고, 웨스턴레인에서는 해가 졌고, 벽에 묻은 공자국들이 오렌지색과 핑크색으로 바뀌었다. 유원지에서는 슬프디슬픈 말이 고개를 들려고 애를 쓰고 있었다. "파반 삼촌이 콜라를 사 줄 거야." 내가 바보같이 말했다. 게드는 나를 보면서, 마치 내가 뭔가 더 좋은 말을 했다는 듯이 고개를 끄덕였다.

바에서는 모두가 조용했다. 우리 얼굴을 하나하나 바라보며 이야기를 시작한 것은 막서드 아저씨였다. 아저씨는 아무도 내가 이만큼 해낼 줄은 몰랐다면서, 그 다음에 무슨 일이 일어나더라도 상관없다고 말했다. 나는 다음 일에 대해서는 걱정하지 않았는데, 왜냐하면 중요한 것은 여기에 있다는 것이기 때문이었다. 아무도 대꾸가 없자, 아저씨는 음료수를 마저 마신 뒤, 잔을 탁자 위에 놓았다. 그러고 나서 "어쨌든, 우리는 여기까지 왔어."라고 말하고는, 혹시 상대 선수가 경기를 어떻게 펼쳤는지 본 사람이 있냐고 물었다. 상대 선수는 프린스 자매의 동생인 알렉산드라였다. 그녀의 시합은 내 시합과 같은 시간에 벌어졌었기 때문에 파반 삼촌이 봤다고 대답하자 모두가 놀랐다. 삼촌은 그 말을 하자마자 곧 후회했다. "아주 조금만 봤을 뿐인데."라고 삼촌이 중얼댔지만, 막서드 아저씨는 조금 더 원했다. 파반 삼촌은 주위를 둘러보았다. 삼촌은 내게로 돌아서다가, 자신의 것이었거나 아빠의 것이었을, 반쯤 비운 잔을 넘어뜨렸다. 삼촌은 많이 쏟기 전에 얼른 잔을 바로 세웠다. 삼촌은 목소리를 가다듬더니, "걔는 걱정하지 마. 천천히 여유롭게 해." 하고 내게 말했다. 모나 언니가 음료수를 먹다가 캑캑거렸고, 쿠쉬 언니는 얼굴이 빨개진 채로 내 손을 잡고 재빨리 꽉 쥐었다. 그것은 우리가 뭔가로 힘들어 한다는 것을 느꼈을 때, 물을 끓이며 서 있느라 얼굴이 빨개진 엄마가 반짝이는 눈빛으로 천천히 여유롭게 해, 하고 어깨너머로 우리에게 해 주던 바로 그 말이었다. 엄마는 우리에게 단지 몇 마디만을 영어로 말했기 때문에, 우리는 지금 다들 엄마를 떠올리고 있었다. 우리는 아빠를 바라보았지만, 아빠는 그저 자기 앞에 쏟아진 음료수만 보고 있었다.

배드민턴 체육관은 정리가 되어 있었다. 바닥도 깨끗하게 청소되어 있었고, 코트 주변에 관중석도 가지런히 마련되어 있었다. 코트는 바닥에서 적어도 몇 인치 정도 떨어져 있었고, 조명등 아래에서도 광채와 함께 희미한 푸른빛을 발하고 있었다.

아빠는 경기장을 보자, 문간에 서서 걸음을 멈추었다.

"왜요, 아빠?"

아빠는 내 라켓의 줄을 조정했다. "네 삼촌 말이 맞아." 아빠가 대답했다.

아빠는 내게 라켓을 건네고 나서 손을 내 어깨에 올려놓고 잠시 그렇게 있었다.

알렉산드라는 벤치 옆에서 기다리고 있었다. 우리가 악수를 나누고 나자, 심판은 우리에게 규칙을 들려주었고, 더 많은 사람들이 체육관으로 들어섰다. 이윽고, 체육관의 조명이 어두워졌다.

퍼스펙스 코트 안에서 밖은 보였지만 시야는 불분명했다. 그것은 커다란 얼음 벽돌 안에서 밖을 내다보는 것만 같았다. 우리 눈에는 그림자들과 움직임들만으로 보였다. 어둡고 물에 젖은 듯한 진청색과 파란색이었다. 아빠는 내 백핸드 쪽 앞열에, 언니들은 아빠 옆에 앉아 있고, 게드는 서 있는 것 같았지만, 확신할 수는 없었다.

코트 안은 극도로 추웠다. 알렉산드라와 나는 운동복의 지퍼를 채운 채로 또박또박 공을 치고, 공을 쫓아 뛰어다니며 준비 운동의 대부분을 마쳤다. 우리는 벽에 라켓이 닿을 때마다 긴장했다. 벽에 흠이 생길지, 얼음처럼 금이 갈지, 벽이 이미 너무 많은 충격으로 인해서 약해져 있는 것은 아닌지 알 수가 없었던 것이다.

알렉산드라는 나를 이길 거야. 나는 처음부터 이렇게 믿고 있었다. 그녀는 뒷벽 쪽으로 포핸드 드라이브를 넓게 쳤다가 코트 앞쪽에서 뚝 떨어지는 드롭 샷을 연거푸 쳤다. 그녀가 놀라울 정도로 강한 샷을 치는 것은 아니었지만, 그녀의 리듬감에는 신비롭고 거침없는 데가 있었고, 나는 나도 모르게 그녀를 따라가고 있었다. 그녀가 서비스 박스를 지나 길게 공을 치면, 나는 어깨를 둥글게 말았다가 라켓을 든 손을 뒤로 뻗어서 같은 타격을 준비했고, 그녀가 짧게 공을 떨어뜨리면, 나한테는 그것이, 그녀가 점수를 따려고 한다기보다는 함께 코트의 앞쪽으로 오라고 끌어당기는 것처럼 느껴졌다.

이제, 공 소리는 더 이상 들리지 않았고, 숨소리와 신발이 나무 바닥 위에서 가볍게 삑삑거리는 소리만이 들렸다. 우리는 거의 침묵 속에서 서로의 주변을 돌아다녔다. 경기는 계속 이어졌고, 승부가 날 때마다 알렉산드라는 라켓 잡았던 손을 벽에다 가볍게 닦았고, 나도 이와 똑같이 했다. 어쩌면 밖에서 아빠는 나만의 리듬을 찾고, 알렉산드라의 리듬을 깨라고 말하려고 노력했을지도 모르지만, 그건 소용없었다. 왜냐하면 우린 둘 다, 만일 그녀가 저런 식으로 계속한다면, 내가 그녀의 리듬을 깰 길이 없다는 것을 알고 있었기 때문이었다. 주차장에서 게드는 대회가 끝나고 나면 무슨 일이 일어날지에 대해 생각해 본 적이 있냐고 물었다. 나는 생각해 봤던가 하면, 동시에 생각해 보지 않았다. 나는 더럼&클리블랜드까지는 상상했지만, 그러고 나면 벽이 서 있었다. 지금 나는 그 벽 속에 있고, 이제 내가 할 수 있는 것이라곤 그 안에 머무르는 것뿐이었다.

천천히, 퍼스펙스 코트 가까이, 밖에서는, 내 백핸드 방향의 그림자같은 형체가 점점 분명해지고 있었다. 아빠는 어둡고 긴장된 표정으로 상체를 꼿꼿하게 세우고 앉아 있었다. 아빠는 알렉산드라를 관찰하고 있었다. 아빠는 그녀에게서 약점을 찾고 있었고, 언니들은 그런 아빠를 관찰하고 있었다. 파반 삼촌은 게드와 함께 멀리 뒤쪽에 서 있었다. 그들 두 사람은 멀찌감치 떨어진 언덕이나 산처럼 그저 형체로만 보였다. 이십 분이 지나서도, 삼십 분이 지나서도 나는 알렉산드라의 샷을 샷으로 응수했고, 사십 분이 지나자 관중석이 웅성거리기 시작했다. 아무도 이것을 예견하지 못했었기 때문이었다. 아빠의 표정은 점점 더 어두워져만 갔고, 보다 더 긴장하고 있었다. 사십오 분이 되자 변화가 일어났다. 알렉산드라가 길게 치는 샷을 덜 치기 시작했고, 길게 칠 때면 앞벽 높은 곳에 공을 맞췄다. 나는 아빠를 바라보았고, 우리는 무슨 일이 일어나고 있는지 동시에 이해했다. 알렉산드라는 자신에게 시간을 더 주려고 노력하고 있었다. 그녀는 지쳤던 것이다.

이런 생각을 해 낼 수는 있다지만, 마침내 끝날 때까지는 무슨 일이 벌어질지 결국 모를 일이다. 내가, 분명히 알렉산드라가 나를 이길 것이라고, 생각했던 것은 내가 그녀와 경기를 계속 이어가다 보면 결국 더 오래 버텨낼 수도 있다고는 미처 생각하지 못했기 때문이었다. 나는 어깨를 한껏 둥글게 말아서 마치 벽이라고는 없는 것처럼 스윙을 하며 백핸드를 구사했다. 알렉산드라는 포핸드를 쳤다가 내가 다시 백핸드로 응수하자, 내 백핸드를 따라 했고, 그때부터는 내가 주도권을 잡았다. 사십팔 분이 지났을 때도 알렉산드라는 여전히 나를 따라 하고 있었고, 아빠는 주먹을 꽉 쥐고 있었다.

그러다가 내 기세가 꺾였고, 내가 주도권을 차지한 뒤로는 처음으로 점수를 잃었다.

아빠가 자리에서 일어났다. 아빠는 반 걸음을 앞으로 내디뎠다. 나는 또 한 점을 잃었고, 다시 또 한 점을 잃었다. 아빠는 희망을 잃은 듯, 배드민턴 체육관의 문 쪽을 쳐다보았다. 쥐한테 잡아먹혔던 그 남자. 모나 언니의 말이 내 마음 속을 날아다녔지만, 나는 계속해서 공을 쳤다. 내가 해야 할 것이라고는 다시 기회가 올 때까지 알렉산드라를 따라가는 거야, 그러면 아빠에게, 그녀는 기운이 다 떨어진 반면 나는 그렇지 않다는 것이 보일 거야, 라고 나는 생각했다. 나는 알렉산드라를 바싹 붙어다녔다. 나는 코너 깊숙이 안전한 샷을 쳤다. 알렉산드라는, 그쪽이 약하다고 생각했기 때문이겠지만, 어쩌면 정말 그랬을, 나의 백핸드를 공격했다. 그건 중요하지 않았다. 나는 서브권을 되찾아 왔고, 이번에는 잃지 않았다.

오십육 분에 접어들어 매치 포인트를 땄을 때 힐끗 밖을 바라보자, 다시 모든 것이 어둡고, 물속같이 보였다. 나는 망설였다. 라켓을 든 팔이 내려온 것이 느껴졌다. 게드와 파반 삼촌이 하나가 되어 앞으로 발을 내디뎌 응답해 주었고, 잠시 잠깐, 마치 그들이 바로 내 앞에 서서, 단단히 붙잡으라고 말하고 있는 것처럼 분명하게 보였다. 그러자 그들은 옆으로 물러섰고, 나는 라켓을 휘둘렀다.

일단 서브는 좋았다.

알렉산드라는 내 백핸드를 겨냥해 드라이브를 쳤다. 내가 공을 치는 순간, 내가 무엇을 할지 미리 짐작한 그녀가 티존 앞으로 다가드는 것이 느껴졌다. 어쨌든 나는 그렇게 했다. 나는 발리 드롭으로 부드럽고 의도된 공을 쳤고, 공은 순조롭게 기적과도 같이 넉을 맞고 나왔고, 알렉산드라는 받아치려고 노력조차 하지 않았다. 배드민턴 체육관의 모든 사람이 자리를 박차고 일어섰다.

**체육관에서 나는** 소리만으로는 사십 명이 아닌 사백 명의 관중이 일어나는 것 같았다. 휘파람 소리와 고함 소리가 들려왔다. 나는 티존에 서서, 현기증과 가쁜 숨을 느끼면서, 경기의 마지막 몇 초를 되돌려 보면서, 내 주위로 알렉산드라의 몸이 움직이는 것과, 나 자신의 몸이 움직이는 것과, 뒤섞인 공기를 느꼈고, 그렇게도 부드러우면서도 깨끗하게 맞았던 공을 떠올렸다. 그리고 밖에서 벽으로 다가와서 박수를 치며 활짝 웃고 있는 막서드 아저씨와 점잖게 웃고 있는 파반 삼촌을 보았다.

한참 뒤에서는 게드와 언니들도 박수를 치고 있었지만, 내 관심이 그들에게 미치면서, 새로운 느낌이 나를 엄습했다. 그것은 일종의 실망감과 혼돈스러움이었다. 점차 그것이 무엇인지 이해되기 시작했다.

관중석에서 아빠가 보이지 않았던 것이다.

아빠가 있어야 할 백핸드쪽 방향에는 하얗게 긁힌 자국들이 벽을 채우고 있었다. 나는 언니들을 보았고, 언니들은 나를 보며 아무것도 잘못된 것이 없다는 듯이 웃고 있었다.

어디로 가셨어요, 아빠?

나는 아빠가 배드민턴 체육관 밖의 복도에 서 있는 모습을 상상했다. 양팔이 축 처진 모습이었다. 배드민턴 체육관에서 나오는 함성은 희미하지만, 아빠의 귀는 아파 오고, 팔을 들어서 소리를 막아야겠다는 생각을 미처 못 한다. 그것이 내가 상상했던 아빠의 모습이었다. '사번가'가 바로 그 순간 누런 이를 드러내고 커다란 어깨를 이리저리로 실룩거리며 복도에 들어온다 해도, 아빠는 그냥 스치고 지나칠 것이라고, 나는 생각했다. 아빠는 꼼짝도 하지 않았을 터였다.

체육관의 함성 위로 알렉산드라가 뭐라고 하는 것이 들렸다. 그녀는 내 손을 잡아서 자기 손과 함께 높이 들고, 라켓을 든 손도 들어야 한다는 시늉을 했고, 나는 그대로 따라 했다. 관중석의 함성은 내 눈에 눈물을 불러왔다.

체육관의 조명이 밝혀졌다. 조명이 켜지면, 내가 코트 밖으로 나오고, 알렉산드라는 내 뒤를 따르게 되어 있었다. 관중들은 내가 티존에서 머뭇거리자 조용해졌다. 나는 언니들이 서 있는 곳을 바라보았다. 그때 갑자기 아빠가 거기에 나타났는데, 짙은 색 양복 차림으로, 마치 언니들의 옆에서 계속 그렇게 있었다는 듯이 서 있었다. 쿠쉬 언니가 아빠에게 이야기를 하며 경기장 쪽을 손짓하자, 어디선가 드럼이 울려대고 있었고 소리를 듣기가 힘들었기 때문에 아빠가 얼굴을 약간 찌푸렸다. 나는 쿠쉬 언니가 아빠가 놓친 것을 설명하고 있다는 것을 알았다. 나는 아주 천천히 내 라켓의 줄을 조정하면서 내가 있던 곳에 서 있었다. 아빠는 복도로 나갔었던 것이다. 왜냐하면 희망이 있다고 생각했지만 희망은 없었고, 아빠는 그것을 견딜 수가 없었기 때문이었다. 아빠는 배드민턴 체육관 안에는 아빠가 할 수 있는 일이 아무것도 없다고 생각했다. 그러나 아빠에게 문제였던 것은 배드민턴 체육관이 아니라 복도였다. 도대체 복도에 아빠를 위한 무엇이 있을 수 있었을까? 복도는 텅 비어 있었고, 아빠에게는 아무 소용도 없었다. 우리가, 언니들과 내가, 아빠를 그리로 몰아냈다. 쿠쉬 언니가 설명을 마치자, 아빠의 시선이 내 시선과 마주쳤다. 나는 내가 아빠로부터 무언가가 필요하다는 것을 아빠에게 알리려고 노력했다. 그렇지만 그것이 대체 뭐지? 뭐지? 아빠가 자세를 가다듬었다. 아빠는 손으로 거의 알아볼 수 없는 신호를 보냈다. 그것은 아무런 의미도 없었고, 우리가 연습한 그 무엇도 아니었다. 그렇지만 나는 마치 그것이 아빠가 원했던 것인 양, 내 그립을 확인했다. 나는 그때서야 알렉산드라에게 고개를 끄덕였고, 라켓을 내려 들고, 마침내 문을 열었다.

**우윳빛으로 은은하게** 빛나는 구름이 하늘을 가로질러 크게 대각선을 이루고 있었고, 구름 속에는 역시 은은하게 빛나는 검은 입이 있었다. 파반 삼촌이 운전하는 동안, 삼촌과 나는 함께 도로와 하늘을 바라보고 있었다. 나는 우리 앞의 검은 입이 무섭지 않았는데, 그것은 처음에 내가 전체를 안개라고 착각했기 때문이었고, 파반 삼촌은 오히려 그 반대라고, 하늘은 지금 맑고, 우리가 보고 있는 것은 십억 개 이상의 별들로부터의 가스와 먼지와 빛이라고 말해 주었다. 그것이 우리들의 은하계이고, 우리는 그것을 안에서 보고 있다고 삼촌은 말했다. 우리는 아마도 수만 년 전의 모습을 보고 있고, 지금은 이 별들이 더 이상 존재하지 않을 수도 있다는 것이었다.

"하지만 우리는 별들을 보고 있어요." 내가 말했다.

"그렇지."

우리는 북쪽을 향해 차를 달리고 있었다. 막서드 아저씨는 남쪽을 향해 달리고 있었고, 아빠와 게드와 언니들과 함께였다.

우리는 모두 함께 주차장에서 추위에 떨면서 코트 주머니 깊숙이 손을 찔러 넣은 채로 서 있었다. 시합 주최측 사람들이 내게 '프린스' 가방과 이십 파운드를 주었고, 언니들은 내가 그 돈으로 무엇을 할 건지를 알고 싶어했다. 나는 몰랐다. 게드가 나의 프린스 가방을 챙겨 들고 있었다. 그가 내게 가방을 건네 주었다. 그가 고개를 돌리자, 그의 두껍고 짧은 속눈썹이 눈 아래에 그림자를 드리웠다. 그가 달라 보였다. 까칠한 데가 있었다. 그의 턱선과 광대뼈는 전보다 단단해져 있었다. 여기, 주차장에서, 그는 나이가 들어 보였고, 나는 나도 그랬다는 것을 확신했다. 우리는 부끄러웠고, 두려웠다. 왜냐하면 이 모든 감정들이 우리 사이에 존재했고, 우리는 우리가 누구인지를 몰랐기 때문이었다.

모나 언니가 나를 안아 주면서, 언니들이 돌아오면 쇼핑하러 함께 가자고 말했다.

파반 삼촌은 아빠를 바라보았다. "곧 오세요." 하고 삼촌은 인사했고, 아빠는 "그래." 하고 대답했다.

나는 이것을 다른 사람들이 막서드 아저씨의 차에서 보는 것과 똑같은 하늘이라고 생각했고, 아마도 그들도 하늘을 보려고 차를 멈출지도 모른다고 생각했다. 나는 막서드 아저씨 차의 주변으로는 불빛이 너무 많아서, 다들 우리가 본 것을 볼 수 없었다는 것은 몰랐다. 나는 아빠가 한참 동안 눈을 감고 있었다는 것도, 언니들이 창밖을 보고 있지 않았다는 것도, 언니들은 게드와 샨과 함께 카드놀이를 하느라고 뒷좌석에 끼어 앉아서 웃고, 편을 짓고, 자신들의 카드를 안 보여주려고 애쓰고 있었다는 것도, 그리고 그들이 행복했다는 것도, 또한 하늘은 존재하지도 않았다는 것도 미처 몰랐다.

파반 삼촌과 나는 우리 차에 앉아서 밖을 내다보고 있다가, 계속해서 차를 달렸다.

집으로 돌아와서는, 파반 삼촌이 코코아를 데워서, 부엌에서 함께 마셨다. 란잔 숙모가 내려왔을 때, 숙모는 우리가 떠났을 때와 똑같은 모습이었는데, 우리는 이것에 놀라움을 느꼈다. 숙모가 여행이 어땠냐고 물었다. 우리는 좋았다고 대답했다. 나는 숙모에게 프린스 가방을 보여 주었다. 숙모는 피곤한 표정으로 미소 지었다. 숙모는 시간이 늦었다면서 내가 잠자리에 들어야 한다고 말했다.

그러나 숙모와 삼촌은 한참 뒤까지 내 방 발코니 아래에 서 있었고, 나는 담요를 두르고, 그들 위에서 무릎을 꿇고 앉아 있었다. 우리 셋은 장미 넝쿨과 나무들과 철로의 검은 형체들을 내다 보고 있었다. 별들이 나타났다가는 사라져 갔다. 무릎이 아파오기 시작했다. 내가 앉은 자리 아래에서, 란잔 숙모는 파반 삼촌에게 지금은 상황이 어떠냐고 절실하게 묻고 싶어했고, 파반 삼촌은 숙모에게 말해 주고 싶었지만, 숙모는 어떻게 물어야 할지를 몰랐고, 삼촌은 어떻게 시작해야 할지를 몰랐다. 곧 아침이 될 테고, 다시 밤이 되고, 다시 아침이 될 것이고, 멀리서 지켜보고 있어서 그들이 아직은 알 수 없을 누군가를 제외하고는 상관없을 것이라고, 나는 생각했다. 파반 삼촌이 천천히 시작했다. 삼촌은 자신이 말해야만 할 일들이 란잔 숙모에게 의미있게 들리게 만들 방법을 몰랐기 때문에 모든 것을 다 설명했다. 삼촌은 모든 것을 마치 오래전에 일어난 일인 것처럼, 마치 우리가 시간을 뛰어넘어 온 것처럼, 우리가 아빠와 빛이 깜빡거리던 다리 위에 서서 자한기르 칸와 고기 알라우딘과 카마르 자만을 기억하던 것에서 수십 년을 지나온 것처럼 설명했다. 스쿼시에 대해서는 그것이 마치 파키스탄 사람들에 대해서가 아니라, 이집트 사람들이 피라미드 아래에 놓인 유리 코트 안에서 경기를 하는 것처럼 설명했다.

천천히 여유롭게, 파반 삼촌은 아빠에 대해서 이야기했고, 나는 아빠의 존재감을 강력하게 느꼈다. 삼촌은 게드에 대해서 이야기했고, 아주 미세하게 내 손바닥이 떨려왔다. 삼촌은 자신만의 방법으로 이정표를 찾고 있었고, 실마리와 경과, 마음이 사로잡힐 만한 것들을 구하고 있었다. 삼촌은 엄마와 관련해서는 언제나 조심했고, 란잔 숙모는 두 형제에게는, 아빠만이 아니라 파반 삼촌에게도, 엄마가 우선이라는 것을 고마워했다. 파반 삼촌에게는 표현할 수 없는 깊은 사랑이요, 누이나 속 깊은 정을 나눌 친구에 대한 사랑이었으니까, 굳이 말해야 할 필요나 있었을까. 숙모에게는 이 부분이 어려웠다. 숙모에게는 어떤 것에서도 엄마와 같은 자리에 다가간다는 것이 불가능해 보였던 것이다. 바로 그래서 파반 삼촌은 조심해서 접근했고, 란잔 숙모도 그것을 느꼈기에 이와 같은 조심스러움 자체가 사랑이라는 것을 이해했다. 아빠는 이웃집의 전기 히터나 텔레비전을 수리하다가, 마치 육백 킬로미터 밖에서 파반 삼촌이 엄마에 대해 이야기하고 있다는 것을 안다는 듯이, 자신도 함께 하고 싶다는 듯이 한두 번씩 고개를 들었지만, 곧 고개를 숙였다. 왜냐하면 아빠도 이것이 아빠에 관한 것이 아니라는 것을 이해했기 때문이었다. 아빠는 한쪽에 서 있는 채로, 삼촌과 숙모 사이에서 한동안의 시간이 지나갔고, 얼마가 지났는지는 모르겠지만, 나무 위로 아주 희미하게 무언가가 빛나기 시작했다. 그것은 반짝이다가 사라졌다. 그때, 삼촌은 피곤했기 때문에 목소리가 나지막하게 잠기기 시작했고, 그러다가 삼촌의 입김이 얼어붙었고, 이윽고 나는 자리에서 일어섰다.

편집 후기

어느날 비트윈에 이메일 하나가 날아들었습니다. 부커상 최종 후보작에 갓 오른 작품인데 한국 판권을 비트윈이 사겠냐는, 저자의 에이전트, 트레이시 보한의 이메일이었습니다. 비트윈의 작업 일정이나 규모, 정체성 등을 놓고 여러 고민 끝에 한참이 지나 읽기 시작한 《웨스턴레인》은 마치 어느 수묵화 속의 눈이나 달처럼, 안개나 구름처럼 느껴졌습니다. 물감 한번 쓰지 않고 여백으로 남은 공간에도 비가시적이면서 탄탄한 서사가 쌓아올려져 있었습니다. 《웨스턴레인》이 이렇게 선보이게 된 그 서막입니다.

이 책을 번역하기 시작한 무렵은 칼 오베 크나우스고르의 《나는 이래서 쓴다》의 탈고를 앞둔 시점이었는데 그중 한 구절이 실감나게 다가왔습니다. 크나우스고르가 《잃어버린 시간을 찾아서》를 읽으면서, "이 소설은 꼭 어떤 장소처럼 여겨져서 매일 아침 그 속으로 돌아가고 싶었다."라고 했던 구절입니다. 지난 몇 달 동안 하나의 세계가 한글로 모습을 드러내는 곳, 매일 아침 기대 속에 달려가는 곳, 그 장소가 바로 《웨스턴레인》이었습니다.

표현된 것 이상으로 많은 이야기가 담겨 있는 이 책을 옮기면서, 이따금씩 떠오른 생각이 있습니다. 무라카미 하루키의 동명 소설을 하마구치 류스케가 영화화했던 〈드라이브 마이 카〉처럼, 언젠가는 《웨스턴레인》도 행간에 파묻혀 있는 의미를 읽어낸 어떤 감독의 시선으로 영화로 탄생된다면 좋을텐데 하는 생각이었습니다. 마침 저자 체트나 마루는 부커상 홈페이지 속 4분 38초 길이의 인터뷰 영상 속에서 영화에 대해 흥미로운 이야기를 합니다. '《웨스턴 레인》은 가족 사이의, 말로 표현되지 않은 것들을 다룬다. 소설가로서, 언어화되지 않은 말이나 감정을 다루는 데에는 어떤 어려움이 있는가.'라는 질문을 받고, 영화에서 영감을 얻는다고 대답하며, 셀린 송의 〈패스트 라이브즈〉를 언급합니다.

'웨스턴레인'은 과연 어떤 장소입니까. 고피, 모나, 쿠쉬, 아빠, 막서드, 게드, 린다에게, 또 우리에게 그곳은 어떤 장소일까요. 제목 속의 영어 단어 '웨스턴'과 '레인' 속의 중의적인 의미를 한글로 옮기지 못한 점은 아쉽게 남았습니다. 낯선 단어들은 *표로 표시해 두었는데, 이들 중 상당수가 국어 사전은 물론 영어 사전에 올라 있지 않습니다. 저자가 이를 따로 설명하지 않은 점을 염두에 두어 저희도 별도의 설명을 삼갑니다.

《루스 아사와》와 《나는 이래서 쓴다》에 이어 《웨스턴레인》이라는 뜻깊은 작품으로 독자 여러분을 찾아뵙게 되어 무척 기쁩니다. 앞으로도 저희 비트윈은 언어와 문화 및 시대와 세대 사이에 존재하는 간극에 관심을 둔 의미있는 프로젝트로 꾸준히 독자 여러분을 찾아 뵙겠습니다. 감사합니다.

**웨스턴레인**
체트나 마루 지음
사이연 옮김


| | |
|---|---|
| 초판인쇄 | 2024년 3월 25일 |
| 초판발행 | 2024년 3월 31일 |

| | |
|---|---|
| 펴낸이 | 이주동 |
| 편집 | 이영숙 이헌일 |
| 기획 | 사이연구소 |
| 북 디자인 | 윤지혜 |

| | |
|---|---|
| 펴낸곳 | 비트윈 |
| 인쇄 제책 | 퍼스트경일 |
| 출판등록 | 2020년 8월 22일 |
| 주소 | 서울 특별시 양천구 신정로 7길 60-7, 404-1502 |
| 대표전화 | 02.2060.2805 |
| 전자우편 | betweenbooks.99@gmail.com |
| 블로그 | https://blog.naver.com/betweenlab |
| 인스타그램 | https://www.instagram.com/betweenlabs |

ISBN 979-11-975032-2-1
책값은 뒤표지에 있습니다.